小説　僕の心のヤバイやつ

望 公太
原作・イラスト：桜井のりお

MF文庫J

口絵・本文イラスト●sune

プロローグ

THE DANGERS IN MY HEART.

中一の頃、僕は暗黒の中にいた。

なにもかもがバカらしかった。

学校の退屈さが。

級友の愚かさが。

そしてなにより――自分の矮小《わいしょう》さと平凡さが。

幼さゆえの万能感に浸っていた一人の少年は、中学受験で生まれて初めての挫折を味わい、自分の凡庸さを思い知らされた。

しかし少年は――挫折と向き合うことから逃げた。

現実から目を逸《そ》らし、不貞腐《ふてくさ》れて、いじけて、拗《す》ねて……そして、他者を拒絶した。

教室でわざわざ見せびらかすように過激な本を開いてみたり、カッターを持ち歩いてたまに取り出してみたり……馴染《なじ》めない理由を自分から用意した。

理由があれば、楽だったから。

自分を『ヤバイやつ』にしていれば、言い訳ができたから。

他者を拒絶したと言えば少々響きが格好《かっこ》いいが……結局のところ、怖かっただけなのだろう。

他人の目が怖かった。

見下されるのが怖かった。

見下されるくらいなら、こっちから見下してやろうと思った。

そうやってどんどん自分の殻に閉じこもっていった。

ぬるまっこい暗黒の中は、残酷なぐらいに居心地がよかった。


中二の頃、僕は混沌《こんとん》の中にいた。

なにもかもが慌ただしかった。

学校での行事も。

級友との関係も。

そして──自分の感情と恋心も。

あらゆるものが目まぐるしく変化していく、激動の一年だった。

生まれて初めての感情を持て余した一人の少年は、これまで逃げてきた全てのものと向き合うことになる。

向き合う相手は他者であり、同時に自己でもあった。

暗黒の中にいた少年は、世界の眩《まぶ》しさを味わうことになる。

苛烈で、鮮烈で、鮮明で……鮮やかな色彩に溺れながらも懸命に泳ぎ続けるような、迷走と奮闘の日々。思い返すと目を覆いたくなるぐらい滑稽だが、しかし今となっては全てが愛《いと》おしくもある。

なに一つとして、楽に終わることなんてなかった。

僕の心をかき乱してグチャグチャにした、同じクラスの『ヤバイやつ』……そんな彼女と、僕は少しずつ少しずつ距離を縮めていった。

鎧《よろい》を脱いで他者と本気で向き合うことは、怖くて、息苦しくて、胸が張り裂けそうなほどに切なくて……でも、同時に尊いことだと知った。

挫折で俯《うつむ》いていた少年は、少しずつ顔を上げていく。

それだけで、見える世界はどんどん変わった。

目を逸《そ》らし続けていた世界が、実はこんなにも綺麗《きれい》だったということを、一人の少女が僕に気づかせてくれたのだ。

中三の頃――つまり、今となる。

現時点での僕のことを、残念ながらまだ客観的に語ることはできない。

自己逃避の暗黒から抜け出し、片想《かたおも》いの混沌《こんとん》を泳ぎ抜けた少年は……果たして今、どんな景色の中にいるのか。

綺麗だと知った世界の中で、どんな風に生きているのか。

終わってから振り返れば少しは俯《ふ》瞰的《かんてき》な視点で語ることもできるのだろうけど、今はまだ無理だ。現在進行形でいるときは、常に目の前のことだけでいっぱいいっぱいだから。

変わり続ける世界の中で、僕は今、どんな風に周りを見つめているのだろう。

そして――ふと思う。

客観的、俯瞰的な視点というのであれば。

僕は。
僕という一人の少年は。
中一、中二という時代を経て。
周りの人間からは、どんな風に見られているのだろう？

小説 僕の心のヤバイやつ

THE DANGERS IN MY HEART.

第一章 関根萌子は一歩踏み出す

中三の夏休み――

私らは勉強合宿をすることになった。

メンバーはというと。

私、萌《もえ》こと、関根萌子《せきねもえこ》。

杏奈《あんな》こと、山田《やまだ》杏奈。

芹《せり》にゃこと、吉田芹那《よしだせりな》。

ばやしここと、小林《こばやし》ちひろ。

そんで唯一の紅一点……いや違うか。男だし。男の場合なんつーの？　黒一点？　シンプルにハーレム？　ま、なんでもいっか。

とにかく女の集団に一人だけいる男――イッチ。

イッチこと、市《いち》……あれ？

やば。イッチってフルネームなんだっけ？　何回か呼んだことあるはずなのにド忘れした！　最近完全にイッチで定着してたから。えー、ちょい失礼じゃん。なんかごめんんね、イッチ。

まあ、なにはともあれ。

そんな感じの女四男一の五人が、メンバーとなる。

「んじゃま、打ち合わせでもしますかねー」

別に仕切りってわけじゃないけど、ドリンク片手に切り出してみる。

今日はよく使ってるハンバーガーチェーン店に集まって、合宿の打ち合わせをすることになっていた。

集まってるのは、私、芹那《せりにゃ》、小林《こばやし》の三人。

杏奈も誘ったけれど、今日は予定があったっぽい。

イッチのお姉ちゃんに呼ばれて、イッチの家に行くんだとか。

……いつの間に家族ぐるみで仲良くなってるん？

杏奈が来ないんじゃイッチを誘うのもなんかアレなもんで、三人での打ち合わせとなった感じ。

「前の打ち合わせじゃ、あんまり話進まなかったもんな」

「あはは。ごめんねー。うちの弟達、みんなが来たらテンション上がっちゃって」

芹那の言葉に、小林が軽く謝る。

合宿の打ち合わせは前にも一度、小林宅でやっている。そのときは杏奈もイッチもいた。

結局、小林《ばやしこ》の弟達と遊んじゃったりして、具体的な話をそこまで詰めることはできなかった。

「えーっと、日程は十三日からの四日間って決まったけど……あとは移動手段とか、お金の話とか決めにゃいとかね？」

「お金は五人で分ける感じだよな。私、山田《やまだ》、芹《せり》ちゃん、萌《もえ》ちゃん……あとは市川《いちかわ》くんで……」

人数を指折り確認していた小林が、ふと不思議そうな顔をして、

「……改めて考えると――なんで市川くんがいるんだ？」

と言った。

本当に今、改めて考えたみたいなノリで。

「うん？　イッチがいてなんか問題あるん？」

「問題っていうか……変じゃないか？　なんで市川くん一人だけ、男が……。一つ屋根の下で三泊もするんだよな？　普通にいろいろ問題があるような……」

おおう……。

今更そこをツッコんでしまうのか。

もう触れずに行くと思ってたぜ。

「ま、まあイッチも役に立つかもしれんからね。ほら、海に行ったらナンパとかエグそうじゃん？　杏奈《あんな》もいるわけだし」

「市川《いちかわ》くんは頼りないだろ」

小林《こばやし》は言った。

はっきりと。

いや……このやり取り、前にもやったから！

水着を買いに行った帰りに、私と杏奈と芹那《せりにゃ》の三人でやった。そのときは杏奈がイッチをフォローしてくれたけど、今はいない。

えー……ってことは、私がしなきゃいけないの？

なんか私、いっつもフォローやらされてない？

「そもそもさ」

私がどうしたもんかと考えていると、芹那が口を開いた。

「今回の合宿は、萌《もえ》ちゃんと市川が言い出しっぺだろ。二人がやりたいっつった勉強合宿に私らが便乗した形で……。だから市川の参加にどうこう言うのはお門違いっつーか」

「あっ。それもそっか。私らが後から参加決めたんだったな」

小林は納得したようだった。

「あとはまあ、市川も……そこまで頼りなくもないだろ、たぶん」

フォローっぽいことを付け足す芹那。

ほほう。

ほほ〜う。

「……なんだよ」

「別にー」

私がジッと見つめてると、芹那が視線に気づいて睨《にら》み返してきた。

なんだかにゃー。

どうも芹那は、あの二人のこと、薄《うっす》ら感づいてる気がするんだよなあ。

杏奈とイッチ。

あの二人は……とうとう付き合ったらしい。
ピ、になっちゃった。
そのことを知ってるのは、学校ではたぶん、私だけ。

——萌が黙っていられると思う⁉

——思う。

——だから呼んだ。

……こんな風に言われちゃったら黙ってるしかないわなー。まったくイッチって奴《やつ》は。

普段はヘタレのくせにたまーに男らしい顔見せてくんだから。

とにかく二人の交際は、今はまだ周りには内緒。

つってもなあ。

あいつらだいぶわかりやすいからなあ。

すぐに周囲にバレそうな気もする。

芹那《せりにや》にも早速感づかれてるわけだし。

小林《ばやしこ》はまっっったく気づいてなさそうだけど。

「でもなんかアレだな。ナンパを嫌がってる萌《もえ》ちゃんって、ちょっと新鮮だな」

小林が思い出したように言った。

「あんなにナンパされたがってたのに」

「いやいや……そりゃ昔の話だから。今受験生だし」

うーむ。なんかそういうイメージついちゃってるよなあ、私。

身から出た錆《さび》だけど。

「受験が理由か……。そうだよな。んー。まあ、でも、そっか」

軽く恥じ入っていると、小林は言う。

考えながら喋《しゃべ》るような感じで。

「元々萌ちゃんって——そんなに本気で彼氏欲しそうでもなかったもんな」

何気ない、本当に何気ない言葉だった。

え？　と思った。

でも私がなにか問い返すよりも先に、小林は「さーて、そろそろ真面目に話し合うか」と合宿の打ち合わせに入ってしまった。

私も会議に参加する。

でも心の奥底で、妙な引っかかりが生まれてしまった。

集中して話し合えば、打ち合わせは三十分もせずに終わった。

その後は、この前いなかった小林の水着を買いに行ったりして、夕方ぐらいに解散となった。

道が違う小林と別れ、芹那と二人で歩いてるとき——

「……どうかしたのか？」

「ん？　にゃにが？」

「いや、なんか……口数少ないからさ」

「んー……ちょっぴり考えごとー」

できるだけ普段通りに振る舞うようにしてたけど、感づかれたっぽい。

「芹《せり》にゃはさあ……萌《もえ》が『彼ピほしい～』とか言ってんの、嘘《うそ》っぽいと思ってた？」

「さっき小林が言ってたことか」

芹那《せりにゃ》は少し考えた後に、

「嘘とまでは思ってないけど……どっかポーズっぽい感じはあったかな」

「ポーズ……」

「周り見ながらあえて尻軽ぶってるっつーかさ。萌ちゃん、実際はそこまで軽い女じゃないだろうし」

「ふぇー……そうかね？　萌なんて、結構な遊び人だよん？」

とぼけてみせるけど――ちょっぴり、ドキッとした。

ポーズ。

うーん、まあ、完全になかったとは言えないのかな。

演じてる部分もなくはない。

あえて『彼氏ほしい』キャラを演じてた部分も、ちょっとはあった。

嘘ではないけど、少しの誇張はあった感じ。

仲間内でそういう風に振る舞っているのが——結構楽しかった。本気で彼氏が作りたかったというよりは、『彼ピほしし〜〜』って言いながら女友達と一緒にわーきゃーやってる時間が楽しかったっていうか……。

……認めるとなんかハズいな、これ。

いやいや、別に全部がポーズじゃねえし。

彼氏だって本気でほしかったし！

「ナンパイとだってさあー、惜しいとこまで行ったんよ？　杏奈《あんな》にフラれた後に本気出せばいけたと思うし。まあまあ、間宮《まみや》先輩がかわいそうだからやめてあげたけどさ」

「どうだかな。萌ちゃんのことだから、間宮先輩がいなくても途中で自分から引いてたんじゃないのか？　そもそも——南条《なんじょう》先輩のこと、大して本気でもなかったろ？」

「えー？　割と本気で狙ってたけど？　なんかんだ結構タイプだったし」

「狙ってただけで——好きではなかっただろ？」

「…………」

言い返せなくなってしまう。

狙ってた。

結構本気で狙ってた。

イケメンだし高身長だし、性格はチャラそうだったけど、むしろそういうところが萌《もえ》的にはグッドだったたし。ちょっと遊ぶぐらいならちょうどいい相手だと思ってたし。

でも。

好きだったかと問われたら、頷《うなず》きにくい。

ちょっと狙ってアプローチかけてみたら、ナンパイは一ミリもこっちを意識してないのがわかって。

それで、チャラそうに見えて実は案外チャラくないのもわかっちゃって。

だからさっさと身を退《ひ》くようにしたけど——別に、ショックでもなんでもなかった。

「あー……悪い。別に責めるつもりは全くないんだよ。そういうスタンスが悪いとは全然思ってないし」

私が黙ってしまったからなのか、芹那《せりにゃ》はやや申し訳なさそうに続けた。

「むしろ褒めてるつもりだったっつーか……。感情的に見えて意外と冷静なのが、萌ちゃんらしさっつーか」

「……あー、いいていいて。そのへんで」

なんだかどんどん恥ずかしいことを言われそうな気がしたので、ちょいとストップをかけておいた。

「なんかもう自分でもよくわかんなくなってきたけどさー。結構普通のことじゃね、こんなの？　イベント前には彼氏が欲しくなって。気になる男いたらとりあえずアプローチかけて。並行して二、三人ぐらい狙ったりして。ダメならダメですぐに切り替えて。全然普通っしょ、こんなの」

溜息《ためいき》交じりに、私は言う。

「みんながみんな、ピュアピュアな純愛してるわけじゃないだろうし。片思いから始まって、お互いにちょっとずつ好きになって、焦《じ》れったく距離を縮めてって、『この世界で一番大好き』みたいな気分で盛り上がって……そんな糖度のたっけー純愛してる奴《やつ》らなんて、少女漫画の世界にしか――」

言ってる途中で、あ、と気づいた。

片思いから始まって。

お互いにちょっとずつ好きになって。

焦れったく距離を縮めてって。

『この世界で一番大好き』みたいな気分で盛り上がって。

そんなピュアピュアな純愛をしている奴ら。

いたわ、結構身近に。

私はそこそこ間近で、あの二人の成り行きを見てたんだった。


イッチの第一印象は……ええと。

第一印象は……うーむ。

ないな。

うん、ない。マジでない。

第一印象を思い出せるほど印象に残っていない。

気がついたら近くにいた陰キャって感じ。

一応、私とは同小《おなしょう》なんだけど……ほぼ記憶にない。同じ小学校に存在していたことぐらいは知ってるけど、話したことはほとんどないんじゃないかな。うっすらと、本当にうっすらと覚えているぐらい。

私の中じゃそんぐらいの存在感。

中学で同じクラスになってからは、足立《あだち》とかが私らに話しかけてくるとき、なんか近くにいることが多かった気がする。

近くにいなくても遠くからこっちを見てたり。

本人は隠してるつもりかもしれないけど、こいつたぶん聞き耳立ててんなー、と私は思っていた。

——あ……一応交渉権があるだけで決定ではないから。

——うおっ、喋《しゃべ》った！

中学で最初に会話したのは、職業見学のグループ決めだったかな。

会話っていうのかわからんけど。

普段喋ってない陰キャが急に喋ったから驚いて、しかもその後めっちゃ長々と喋り出したからさらに驚いた。

——じゃ、イッチＬＩＮＥ教えて☆

——イッ……。

初めてイッチって呼んだのは、連絡先交換したとき。

私から話しかけたらわかりやすくキョドっちゃってさ。萌《もえ》がちょいとオタクに理解ある一面見せたら、急に嬉《うれ》しそうな顔しちゃって……おいおい、もしかしてこの陰キャ、萌に惚《ほ》れちまったか？　とか一瞬思ったりしたけれど——

でも。

それは本当に一瞬のことだった。

見てたらすぐにわかった。

ああ、こいつ、杏奈《あんな》に惚《ほ》れてるわ、って。

——俺は……好き……かな。山田《やまだ》を……っ。

——知ってるー！　……言っとくけどめちゃくちゃわかりやすいかんな？

十二月三十一日。

深夜のファミレスからの帰り道では、とうとう本人の口からも聞けたっけ。

イッチは杏奈に惚れてた。

結構ガチめに。

気づいたとき、最初はぶっちゃけ——かわいそうに、と思った。

かわいそう。

叶《かな》わぬ恋をしちゃって、かわいそう。

身の丈に合わない相手に恋しちゃって、かわいそう。

そこら中にいる男達と同じように、杏奈の顔とスタイルに釣られたんだろう。杏奈はたまに、考えなしに他人と距離感近いときとかあるから、それで変に勘違いしちゃったのかな？

確かにイッチとは他の男子より仲よさげに見えたけど……それでワンチャンあるとか思っちゃった？　杏奈のそういう天然で無自覚にモテてるとこ、萌《もえ》的にはちょっぴり苦手だったり……。あーあ、イッチも純情を弄ばれて、かわいそうに。

最初はそんな風に思っていた。

でも、徐々に気づいてく。

あれ？　なんか変だぞ、この二人、と。

イッチの方は単なるミーハー的感情じゃなくて、なんだかとんでもない激重感情を抱えてるように見えて——そして。

杏奈の方も、まんざらじゃない感じ。

まんざらじゃないどころか、むしろ結構ガチめ。

イッチを前にすると、今まで見たこともないような顔になる。

女友達の前では、絶対に見せないような顔に。

——え。

——ヤッた？

徐々に、しかし確かに。

あの二人は、ただならぬ気配を醸し出すようになっていった。

見ているこっちの方が照れてしまうような、純情過ぎる気配を。

——おや〰〰？　なにかお探し？

——あ。そだ。今日杏奈《あんな》んちに用事あったんだ！

——ついてきてもいいけど？

三学期の雪が降った日には、犬のキーホルダー探しにちょびっとだけ協力してあげたりもした。

怪我《けが》した片腕を吊《つ》ったまま、頭に雪をかぶりながら傘でなにかを探すイッチが見ていられなくて、つい助け船を出してしまった。

詳しくは聞いてないけれど——なんで必死に探してたかはわからないけど、きっとあの二人にとってはとても大切なことだったんだろう。

思い返してみると……私の立ち位置は、ずっとそんな感じだったかも。

二人の関係をなんとなく察しながら、核心に踏み込むことはしなかった。

徐々に距離を縮めていく二人を、ただ近くで見ていた。

邪魔もしてなければ、応援もしていない。

どうしても見てられないようなときだけはフォローを入れたりしちゃったけど、基本的にはあんまり関与しないようにしていた。

二人の関係を尊重したかったから——というわけじゃない。

いや、その気持ちがゼロってわけじゃないけど……でもメインじゃない。

一番は——

見守る以外、どうしたらいいかわからなかったから。

だって。

こんなにも本気で純粋な恋愛を、私は経験したことがない。

日常的に彼氏ほしいアピールして、仲間内では恋愛経験豊富なキャラでやってる私だけれど——でも、知らない。

知らねーよ。

こんなピュアピュアな純愛、漫画でしか見たことがない。

二人の関係があまりに尊く、眩《まぶ》しいものに思えてしまって……私なんかが軽々しく触れてはいけないと、そんな風に思ってしまった。

その日の夜——
「萌子《もえこ》～？」

自分の部屋で勉強していると、兄貴がノックしてきた。

「入ってよいか？」

「ん～、勝手にどうぞ～」

兄貴が部屋に入ってくる。

ボサボサの黒髪に、視力矯正以外の価値は一切ないようなシンプル眼鏡。着古してヨレヨレの部屋着スウェット。体形はガリガリでひょろ長く、そして猫背かつ撫《な》で肩。

いつも通りのうちの兄貴だった。

地味で冴《さ》えない感じのオタク大学生。

「おっ。なんだ勉強してたのか……」

「こちとら受験生なもんでね」

軽く言ってペンを置く。

「フン。偉いではないか、我が妹。ちなみに志望校はどこなんだ？」

「あー……それはまだいろいろ考え中。どっか適当なとこ行くよ」

曖昧に笑う。

本当の志望校については、まだ親にも兄貴にも相談していない。

名門私立——桜鹿《おうか》大附属。

偏差値がかなり高めなその私立高校を狙っていることを、私はまだ親に言えないでいる。

……勉強合宿についても、親にはただ『女友達と泊まりで遊ぶ』とだけ説明してる。男がいることも内緒のまま。うちの親は割かし放任主義だから、あんまり深く追及されないでいるけれど。

「そんで兄貴、なんの用？」

「いやいや、全然大した用事ではない。ただ暇なのでゲームでもやらんかと思って声をかけにきただけだが」

「……あー、いいよ。やる」

「いいのか？　勉強中ならば退散するが」

「やるやる。ちょっち息抜きしたい気分だから」

ちょうど問題集が一段落したところだったし。

私達は兄貴の部屋へと向かう。

アニメやゲームのフィギュアやポスターが普通に飾ってある部屋。

ザ・オタクの部屋って感じ。

昔からずっとこんな感じだから、今更特になんとも思わない。

「兄貴、また女キャラ使うの？」

「『使う』のではない。こっちが本当の姿だ」

「うわ、オタク、キモ～。ええと、じゃあ萌《もえ》はこの、一番イケメンのキャラでっ」

「……萌子《もえこ》も昔から変わらんな」

雑談しながら対戦ゲームを続ける。

萌とは全然キャラが違う兄貴。

ゴリゴリの、これでもかってほどの、ちょっと古くさいぐらいのオタク。

でも、昔から仲は割といい。

わざわざ二人で出かけたりとかはしないけど、漫画やアニメの話はするし、一緒にゲームをやったりもする。

まあ、うん……萌がオタクに理解あるタイプのギャルだからね！

冴《さ》えない兄貴にも優しくしてあげてる、超絶いい妹なのですよ、私は。

「大学はどうなん、兄貴？」

「いつも通り。サークルのメンバーはみんな、夏コミの原稿で死んでいるが」

「彼女は？」

「……できる気配もなし」

気落ちした声で言う。

でもすぐに、チャッ、と眼鏡の位置を直し、早口で続けた。

「ま、まあ、致し方ないであろう。こんなオタクの民ではな……。もう少しオタク趣味を控えれば女性との交流の機会も増えるかもしれないが、俺にも譲れないものがある。自分を殺してまで女性に媚《こ》びる必要はない」

「いやいや、今時オタクはマイナスポイントにはならんよ。オタク趣味ぐらい全然、普通だし」

画面に集中しつつ、適当に続ける。

「萌《もえ》の友達にもいるよー？　オタクなのに超美人の彼女いる男」

言うまでもなく──イッチのことである。

オタク……うーん、まあたぶん、オタクっちゃオタクだよね、イッチは。

だから別に、なんだというわけでもないけど。

最近、オタクだからどうこうって差別はあんまりない気がする。

「……ん？　兄貴？」

そこで気づく。

兄貴が操作してるキャラが、完全に止まっていたことに。

横を見ると、コントローラーを握る手が、わなわなと震えていた。

「……正論パンチはやめてええええええ！」

「どうし――」

突如、兄貴は叫んだ。

そして、言いようのない苦悶《くもん》の感情が滲《にじ》む声で続ける。

「やめてぇ、やめてよぉ……わかっている、わかっているのだ……俺に彼女ができないのはオタク趣味のせいじゃなくて、自分の人間性の問題だって……。でも……オタク趣味のせいにさせてくれてもいいではないか……。女子とうまく喋《しゃべ》れないのを『オタクだから』って理由で終わらせてくれても、いいではないか……！」

感情を爆発させながら早口でまくし立てる。

「今、世の中ではどんどんオタクが市民権を得たみたいになっている……。女子もアニメやゲームを普通に楽しんでて、深夜アニメの踊るタイプのEDを大学で踊って撮影したりしてて……。オタク趣味に理解ある人がどんどん多くなっている……それがまるで、オタクにとって住みやすい世界になったみたいな風潮があるが……裏を返せば、言い訳を封じられたようなものではないか!?」

おお。

止まらない、止まらない。

「彼女ができないこととか、陽キャの側に上手《うま》く馴染《なじ》めないこととか……オタク趣味のせいじゃなくて全部自分の人間性のせいって言われてるようなものではないか……！　なぜだぁ、なぜだよぉ……言い訳ぐらいさせてくれてもいいだろう………。モテないことを完全に自己責任にされる社会って、俺はどうかと思うなぁ……！　ちょっとよろしくないのではないかなぁ……！」

「…………」

なんか地雷を踏んじゃったっぽい。

面倒くせえ兄貴だなあ。

オタクが面倒なんじゃなくて、この兄貴が面倒だなあ。

「はぁぁあー……。……と、というか」

消化しきれない鬱屈とした感情が込められたような溜息《ためいき》を、大きく大きく吐き出した後に、兄貴はなぜか緊張した感じで続けた。

「も、も、萌子《もえこ》の方はど、どう、なのだ？　最近、か……彼、彼氏的な存在は……」

「いないけど」

「そ、そうか……いないのか」

ホッとしたような顔をする兄貴。

いや、ホッとすんなし。

こいつもモテないんだな、みたいに思うなよ。

兄貴と私じゃ、全然違うからな。

「なかなか萌《もえ》に見合う野郎がいなくてね。どっちにしろ、今年は受験に集中しないとだし」

「ふぅむ……」

意味ありげに一息吐《つ》いて、兄貴は言う。

「受験か、懐かしいな」

眼鏡の奥で、遠い目をして続ける。

「俺にとっての最初の受験は、中学受験だった。父さんが勧めてきて、やらなきゃいけない感じになって……正直、毎日が辛《つら》かった」

兄貴の受験に関しては両親どっちも積極的だったけど、どちらかと言えばパパの方が強火だった。

嫌がる兄貴に無理やりやらせる……ってほどではなかったけれど、全力で応援してたから、その分プレッシャーもあったんだと思う。

「そんだけ期待されてたってことじゃん。羨まし～」

「違う……。俺には勉強ぐらいしか取り柄がなかっただけだ。スポーツは全然ダメだし、小学校では友達がいなかったし……。お母さんも心配だったんだろう。俺には公立の中学は合わないと思う、ってよく言われた」

「…………」

「その点萌子《もえこ》は、昔からなんでも要領よくやっていた。お母さん達も、優秀でコミュ力の高いお前をある意味信頼してるんだろう」

「……どうだかね～」

兄貴は中学受験をして、私立の中学校に通っていた。

そのままずっと、高校も大学も私立のところに通っている。

一方私は──中学受験をせず、公立の中学に進んだ。

親からは勧められなかったし、こっちからも言い出さなかった。

パパやママからは「お兄ちゃんと違って、萌子はどこの学校に行っても大丈夫だろう」みたいなことを言われた。

……なんだろな。

別に……公立の中学が嫌だったわけでもない。

どうしても中学受験がしたかったわけでもない。

兄貴との扱いの差にコンプレックスみたいな感情を抱いてるわけでもない。

ただ。

ちょっとだけ心に、引っかかりが残ってる。

小学生のとき、もしも「私も中学受験したい」と言い出したら、どうなってたんだろうなあっていう……未練みたいな気持ちが、ないわけじゃない。

「萌子」

ふと兄貴は言う。

ちょっと真面目な口調で。

「言いたいことがあるなら、もっと言っていいと思うぞ」

「……うん？　なんそれ？　萌《もえ》なんて、めちゃめちゃ言いたいこと言って生きてる方だと思うけど？」

「確かにそうだが……お前は、一番肝心なところは遠慮するクセがあるからな」

「…………」

なんだか知った風なことを言ってくる。

兄貴のクセに。

いや。

兄貴だから、なのかな。

「まだまだ遠慮を覚えるような歳ではないだろう。俺も就職したら、ちゃんと家にお金を入れるつもりだ」

「就職しても実家にいる気なの、兄貴？」

「……出ていく必要性が感じられぬ。実家が都内にあるという強みを最大限に活《い》かさずしてどうする？」

言いにくそうに言う兄貴だった。

もしかすると――なんとなく察したのかもしれない。

私が、私立の受験を希望してることを。

そして、まだ親に言い出せずにいることを。

……変なところで察しのいいところ見せてきやがって。嬉《うれ》しいような、兄貴らしいことしてます感が若干イラつくような。

でも。

兄貴は少し勘違いしてる。

過大評価してる、と言ってもいい。

私は別に、親に気遣って遠慮してるわけじゃない。

ただ――一歩、踏み出せないだけ。

家がブルジョワじゃないとか、親はたぶん私に期待してないとか。

萌《もえ》は空気が読めるいい子でいた方がみんなが幸せなはず、とか。

そんな風にあれこれと、一歩踏み出せない自分に言い訳を作ってる。


翌日――

あんまり家で勉強し続けても家族から怪しまれそうだったから、私は学校の図書室へと向かった。

……親に隠れてコソコソ受験勉強するって、我ながらよくわからんことしてるなあ。さっさと言えよって話なんだけど……いろいろ複雑なのよ、こっちも。

「あっつ……」

夏の通学路はかなり蒸し暑かった。

あ～、早く夏合宿に行って水着で遊び回りたい……いや、こんなこと考えちゃダメか。

あくまで勉強合宿なんだから。

自制心を働かせながら歩いていると――スマホが震えた。

相手はイッチだった。

昨日送った、合宿のスケジュールに対する返事だった。杏奈《あんな》がいないと、イッチへの連絡係は私になっちゃうよね。

目を通すと……細かい質問がたくさんあった。

『駅から別荘までの距離は？　真夏に長時間歩くのはキツくないか？』

『急な雨や台風も想定しておくべきじゃないのか？』

『僕の寝る場所はあるのか？』

『香田《こうだ》さんは本当にいろいろアレだから対策必須だぞ』

などなど。

面倒くせ～な～。

こまけえ男はモテねえぞ？

ああ、でも……彼女持ちにモテないっていうのも変な話か。

あるいは逆に――モテる秘訣《ひけつ》なのかもね。

こうやって細かく心配してるのも、杏奈のことを思いやってなのかもしれない。そして杏奈のついでに、私らのことも気遣ってくれてるのかも。

まったく……。

ちょっと杏奈が羨ましくなってくるね。

こんな優しい彼ピがいてさ。

「…………」

少し考えてから、私はイッチにメッセージを返した。

質問は全部無視して、こんな風に。

『イッチって漫画の主人公みたいだよね』

意味は、たぶん伝わらないだろう。

私なりの賛辞で、そしてちょっぴりの皮肉。

最初はなんの印象にも残らなかった、冴《さ》えないモブの陰キャ。

見下してたつもりはないけど……まあ、恋愛においてはスライムみたいなポジションだと思ってた。

でもそんな男が——気がついたらレベル99の女との恋を成就させた。

雑魚だと思われてたスライムが実は全然雑魚じゃなくて、それどころかむしろ最強だったなんて……なんそれ？　すっげー漫画っぽい。

ちょっと格好《かっこ》よすぎじゃん？

今じゃ立派に彼氏をやってるし、進路にも真面目に向き合ってる。

なんだか眩《まぶ》しいし……そして、少しだけムカついてしまう。

ズルい、と思ってしまう。

今、やっとわかった。

私が「彼ピほしい〜」ってあんまり言わなくなった理由。

それは……イッチ達を見てたからだ。

イッチと杏奈《あんな》の、眩《まぶ》しいぐらいの純愛を近くで見ていたから。

あんなものを見せつけられてしまえば……軽い気持ちで『彼ピほしい〜』なんて冗談でも言えなくなっちゃうよ。

軽々しくそんなこと言ってた自分が、浅くて、軽薄で、薄っぺらくて、酷《ひど》く惨めなように思えてくる――

「……んあー」

まずいまずい。

なんか思考がかなり沈んでる。

最近成績が落ちてるせいなのか、気を抜くとすぐネガティブに行く。

思考してる文体までなんか萌《もえ》らしくない。意識して明るくしないと。脳内でも、もっともっとテンションあげてかないと。

よーしよし、いつもの調子を取り戻すぞ。

キャルン！　と背後に文字が出るくらいに。

語尾全部に☆をつける勢いで！

「──あれ、関根《せきね》？」

「はいは～い☆　誰か萌のこと呼んだぁ？☆」

キャルン！　と。

脳内で意識的にスイッチを入れていたせいで、横から声をかけられた瞬間、うっかりとんでもないハイテンションで応じてしまう。

やっべ。

こりゃちょっと恥ずかしいぞ、と思ったが、

「うお。な、なんだよ、テンション高いな……」

相手を見た瞬間、スッと冷静になる。

「ま、まさか……へへっ。そんなに俺と会えて嬉《うれ》しかったのかよ？」

「……なんだ、足立《あだち》かよ」

声をかけてきた相手は──隣のクラスの足立。

私の……ええと？　なんだろね？

一応、男友達、なのかね？

足立《あだち》も学校に用事があったらしい。

神崎《かんざき》と一緒に遊ぶ予定で、一旦学校に集合するんだとか。

「ふーん？　なんで学校に集合？　てかなんで制服？」

「べ、別にいいだろっ。いろいろあんだよ、男の友情にはっ」

慌ててまくし立てる、制服姿の足立。

「まあ、なんでもいいけど。んじゃ一緒行く？　萌《もえ》も学校向かってるし」

「ええっ⁉　い、いいのかよ？　おいおい、誰かに噂《うわさ》されたらどうすんだよ……。お、俺は別にいいけどさ……」

「やっぱ別々で。半径十メートル以内、近寄らんでくれ」

「ちょっ、待っ」

テンパり方が鬱陶しくてさっさと歩いて行ったら、足立が慌てて駆け足で追いかけてきた。結果的に、一緒に学校に向かう形に落ち着いた。

「関根《せきね》はなにしに学校行くんだ？」

「勉強。家より集中できるから」

「すげえ。めっちゃ偉いな」

「偉くはないって。自分のためだし」

「偉いだろ。すげえよな、みんな。市川《いちかわ》も今、めちゃめちゃ勉強頑張ってるみたいでさ。なかなか遊びに誘えないんだよな」

苦笑しつつ言う足立《あだち》。

「……足立ってさあ、今もイッチと仲いいよね」

「うん？　なにが？」

「いやほら、なんか……いろいろあったやん。杏奈《あんな》絡みで、ほら……」

「あー……」

曖昧に言うと、足立は表情をぎこちなくした。しまった。言わない方がよかったかな。いくら足立が相手とは言え、デリカシーがなかったかも。

足立は——どうやら杏奈のことが好きだったっぽい。

去年、一緒のクラスだった頃からあんまり隠してなかったけど……その気持ちは、性欲由来の安い感情だと思っていた。

顔と体が好きで惚《ほ》れてるだけ、みたいな。

でも意外と純粋で熱い気持ちも抱えていたようで、今年の体育祭ではイッチと青春っぽい激突をしていた。

あんまり詳しくは聞いていないけど。

どういうオチだったのかは、なんとなく察しがついている。


「まあまあ、その辺はもう、体育祭で決着がついたからな！　俺みたいな爽やかな男は、ネチネチ引きずったりしないんだよ」

「…………」

格好《かっこ》つけてそんなことを言う足立は、本当に爽やかな顔に見えた。「自分で自分を爽やかとか言うなし」とかツッコむのも忘れるぐらい、清々《すがすが》しい顔をしていた。

そのさっぱりした感じが——無性に、私の心をざわつかせた。

ゾワゾワと、心が揺れて波打つような感覚。

だからだろうか。

「……本当に？」

私はつい、変な問い返しをしてしまう。

「本当になんも思ってないの？　そんな綺麗《きれい》さっぱり割り切れるもん？」

「な、なんだよ、急に」

「ちょっとはムカつかないの？　イッチの、あの、いかにも『僕は純愛してます』って感じに」

なにを言ってるんだろう、私は？

違う。

これは足立《あだち》の話じゃない。

ムカついてる、って足立に言わせたくて言ってるだけだ。

自分が思っていることを、相手に言わせようとしてるだけ――

「イッチのピュア感、マジでエグいじゃん？　『これから一生、絶対大好きだ』みたいなテンションで盛り上がってて、そんで相手も同じぐらい激重で……。純粋な二人がすげえまっすぐな感情でぶつかってて……。そりゃ確かに尊いもんなのかもしれないけどさ……。なんか……眩《まぶ》しすぎて凹《へこ》むときもあるよ」

「…………」

「あーゆーの見せられちゃうとさ、とりあえずで彼氏欲しがってた自分が、なんか不純で、安っぽく思えてきちゃうじゃん……」

あー、ヤバ。

なに言ってんだろ、私。気持ち切り替えるはずだったのに、またネチネチと嫌味みたいなこと言っちゃってる。足立まで巻き込むなんて、最悪じゃん。

「……えっと、よくわかんねーけどさ」

足立は言う。

「市川《いちかわ》って……そんな言うほど純粋か？」

「……え？」

「だってあいつ──すげえエロい目で山田《やまだ》のこと見てるぞ！」

足立は言った。
エ、エロい目？
「前々から俺が山田を……ちょ、ちょっとエロい目で見てると、睨《にら》んだり邪魔してきたりしてたんだけどさ……。でもあいつはあいつで、結構山田のことエロい目で見てる気がするんだよな。あれはたぶん、頭の中じゃかなりエロい妄想とかしてると思うぜ」

「………………」

そうなん？

あー、でも言われてみたら確かに……イッチは挙動不審なことが多かったかも。杏奈《あんな》をそういう目で見てそうな瞬間も……うん、あったわ。

結構あった気がする。

普通に、思春期の男子の目をしていた。

「つーか市川《いちかわ》は……山田《やまだ》以外の女子だってそこそこエロい目で見てんじゃねーのか？　たぶん、関根《せきね》のこととかも」

「んんっ⁉」

イッチが⁉

萌達《もえ》をエロい目で⁉

そんなわけ……いや、あるのかも。なくはないのかも。

エロい目っていうか、女子として見てる感じ。杏奈《あんな》以外の女子も、ちゃんと異性として見てる。萌がスキンシップ取ったりからかったりすると、普通に照れた反応するし。

たとえるなら……アレだ。

オタクに優しいギャル——を見るオタクの目で見てきてた気がする！

「市川はいい奴《やつ》だけど……特別、純粋でまっすぐな奴でもないだろ。あんまり表に出さないだけで、普通にエロいこと考えてるっつーか。そっち系の話も最初は嫌な空気出す割に、話し出すと意外と乗ってくるし……。修学旅行の、男子風呂でのチン○バトルのときだって——」

「ちん、ばと……？」

「おおっと！　なんでもないいっ、なんでもない話だっ！」

とんでもねえワードが聞こえた気がする。

なんだ？

なにがあったの、修学旅行の男子風呂で？

男子、なにやってたん？

「と、とにかくだ」

足立《あだち》は仕切り直すように言う。

「市川がそこまで純粋でまっすぐだとは思わねえし——関根のことも、そこまで不純で曲がってるとは思わねえよ」

足立は言う。

まっすぐ私を見つめる……ことはできていない。

ちょいちょい視線を外しながら、でも私に向き合おうとしてくれている。

「確かに俺は……山田のこと、顔とかスタイルで好きになった部分はあるし……山田以外の女にドキドキしたりもしてたよ……。不純っちゃ不純だし、他人から見たら安っぽい感情だったのかもしれないけどさ——でも俺は、間違ってたとは思ってない」

「…………」

「だから、その……関根だって、なんも間違ってないだろ」

照れ臭そうに、でも必死に言葉を紡いでいく。

「彼氏ほしいっつって、いろんな男と連絡先交換したり……バレンタインには男子全員にチョコ配ったりさ。そういうの、人によってはビッチとかバカにするのかもしれないけど……俺は全然、そんなこと思ってなくて……むしろ関根《せきね》のいいとこだと思ってっから……。俺みたいな男はさ、関根のそういう安っぽいとこに救われてんだよ！」

「…………」

「……いや違うっ！　安っぽいって言うとすげぇイメージ悪い！　そうじゃなくて、そうじゃなくてだな……」

「……にゃんだよー？　杏奈《あんな》が無理だったから、次は萌《もえ》を狙ってきた？　杏奈よりは軽ーくいけそうだから？」

「バッ……ち、ちげえよ！　そうじゃねえ、そうじゃねえって……」

「にゃはは。嘘《うそ》嘘」

大丈夫。

言いたいことはわかった。

言葉は拙くても、気持ちは痛いぐらいに伝わってきた。

直後――

ポケットに入れてたスマホが震えた。
イッチからだ。
私が送った『イッチって漫画の主人公みたいだよね』の返信。
『僕は濁川《にごりかわ》くんじゃない』
『僕は市川京太郎《いちかわきょうたろう》だ』
ああ――
そっか。
思い出した、思い出したよ。
市川京太郎。
これがイッチの本名。
今、やっと思い出した。
そしてたぶん、もう一生忘れない。
濁川くん……は確か、『君色オクターブ』の男主人公《ヒーロー》だったかな。
人気少女漫画の、最高に格好《かっこ》いいイケメン。

私は勝手にイッチをそんな奴《やつ》だと決めつけてたけど——チート級の純愛を抱えた特別な存在のように思い込んでたけど、でも実際はそんなことはないのかもしれない。

イッチは——市川京太郎《いちかわきょうたろう》という一人の人間。

漫画の主人公なんかじゃない。

スライムのまま無双する主人公でも、『今一番応援したくなる青春初恋ラブコメ』なんてキャッチコピーで売られるラブコメ漫画の主人公でもない。

この世界に生きる、ごくごく普通の男子中学生。

思春期の男なんだから、好きな女でエロい妄想だってするだろうし、他の女相手にドキドキしたりもするんだろう。ていうかあれよね……普通に、うん、好きな女でシコったりもしてんだろうね、男子なら。

純粋な部分だけでできているわけがない。

『純愛』の一言で簡単にレッテル貼りできる恋愛をしてたわけじゃない。

そんな当たり前のこと、なんでわからなかったんだろう。

——小学校の時の……私立中に行った友達に会った。

——ずっと奴に劣等感を持ってた。

——見下されてる気がしてた——……。

――でも、会ったらそんなこと忘れた。

――自分を見下していたのは、いつも自分自身だ。

夏休み前、保健室でイッチが言っていた言葉を思い出す。

結局、私も同じだったのかな。

自分で自分を見下してた。

勝手にイッチを神聖視して見上げて……そして自分を、低く見てしまった。

向こうを純粋に尊く思うあまり、自分がひどく不純に思えてしまった。

本当はイッチだってそこまで純粋じゃないし、そして私だって――

「……ちょっとぐらい不純な方が、逆に純粋なのかもね」

スマホをしまいながら、一人呟《つぶや》く。

画面では『とにかく、もう少し合宿のスケジュールをきちんと詰めて――』みたいなことを言ってきてたけど、今はスルーしておく。

「ありがとね、足立《あだち》」

「な、なんだよっ……別にいいっての……」

照れ隠しなのか、視線を外して鼻をかく足立。

「あーっ、クソ。なんかすげえ熱くなってきたわ……。海とか行って泳ぎまくりたい気分だぜ」

「……あ。そしたら今度さ、イッチや杏奈《あんな》と一緒に――」

海に、と言いかけたところで。

「――翔《しょう》！」

と誰かが叫んだ。翔は足立《あだち》の下の名前。

振り返ると――そこにいたのは足立のママだった。

ホワイトデーや体育祭のときとかに、何度か見かけたことがある。以前と同じように金髪で化粧バッチリなギャルギャルしい装いをしてる。

おっぱいの谷間も見えてる。

「げっ……母ちゃん！」

「やっと追いついた。もう、なんで一人で行くの？　ママも一緒に行くって言ったでしょ」

「い、いいっての！　一人で大丈夫だよ！　反省文ぐらい一人で書けっから！」

「ママも一緒に先生に謝んなきゃなの！　まったくもう……いくら修学旅行だからって……中三にもなって、あんな情けないことを」

「ちょっ。や、やめろってマジで……」

慌てふためきつつ、バツの悪そうな顔でこっちを見る。

あー……なるほどなあ。

そういや、足立、修学旅行のとき、廊下に正座させられてたな。

神崎《かんざき》と一緒に。

あれ、今頃になって反省文書かされるんだ。

ギャグ漫画みたいにサラッと済まされるわけじゃないんだ。

まあ、そうだよね。今、令和だもんね。悪戯《いたずら》じゃ済まされないよね。神崎は割とシャレにならないことやってたし……足立はいったい、なにやらかしたんだろう？

「あら、萌子《もえこ》ちゃん」

足立ママは私に気づくと、すごく嬉《うれ》しそうな声をあげた。

「どうも」

「えー？　萌子ちゃんと一緒だったの？　え？　なになに？　翔と待ち合わせしてたとか？」

「いえ……たまたまです」

「翔ったらね、最近結構うちで萌子ちゃんの話してるんだよ。バレンタインのときとかもさ、萌子ちゃんからもらったチョコ、すげえ嬉しそうに自慢しててさ。私も、ちゃんとお返し用意しなきゃと思って、翔と一緒に選びに行ってね。そしたら翔が自分でちゃんと

『関根《せきね》はこういうのが好きそうだから』って――」

「も、もうやめろよ！　さっさと行くぞ、母ちゃん！」

またなっ、と。

突然のママ登場を嫌がってたはずの足立《あだち》が、今度はママの手を引いて学校へと早足で去っていった。

私は一人取り残され、ふー、と溜息《ためいき》を吐《つ》く。

「……相変わらず綺麗《きれい》なママだったなー」

そして勢いがすごい。あんな若くてギャルギャルしい見た目なのに、ノリは割と親戚のおばちゃん的というか、強引なとこがあるというか。

おかげで足立を合宿に誘えなかっ――

「……ん？」

え？　あれ？　え？　え？　なに？

私、さっきなにしようとした？

足立を――海に誘おうとしてなかった？

みんなで行く夏合宿に、足立を誘おうとしてた？

なんで？　ダメに決まってるじゃん。

もう人数決まってるし……いや、一人ぐらい増えても問題ないのかもしれないけど……

でもみんなに許可なく誘うなんてやっていいわけないし。

……うんうん。これはきっとアレだよね。男がイッチ一人でかわいそうって思ったから、
ちょっと誘ってみようかと軽く思っただけだよね。

深い意味なんて絶対ない。

足立以外の男がいても、同じように誘ったと思う。

そうだそうだ。そうに決まってる。

「……暑っ」

立ち止まって考えてたら、日差しの熱さがダイレクトにきた。もういいや。考えるのは
やめて、さっさと学校に向かおう。

別に、なにかが解決したわけじゃない。

まだまだ悩みは尽きない。

合宿だってどうなることやら。

でも今は少しだけ、心が軽くなった気がした。不純で安っぽい私のことを、誰かさんの
おかげで、十五分前よりちょっとだけ好きになれた気がする。

一息吐いて、学校への道を歩き出す。

私は。
他の誰でもない関根萌子《せきねもえこ》は。
今日の一歩を、しっかりと踏み出した。

第二章 僕はカードゲームがしたい

中三の夏休み――

僕は友人達と勉強合宿なるものに行くことになった。

男女比は……一対四。

女子の一人は交際している恋人であり、他三人は彼女の友達。

場所は海辺の別荘。水着で遊ぶ予定もある。

別荘を提供してくれたのは超人気モデルで、滞在中には、姉の友達の大学生が勉強を手伝いに来てくれる予定。

……ふむ。

こうやって客観的に事実だけを記述すると……とんでもないハーレムのような気がしてきた。なんだこの、世界中の男が夢見るシチュエーションは?

彼女プラス彼女の友達複数人と一緒に寝泊まりって。

大学で遊びまくってる陽キャのヤリチンイケメンだって、ここまで羨ましい状況は経験できないのではなかろうか。

我ながらどうしてこんなことになったのかはさっぱりわからないけれど……うん、まあ、客観的になったら負けだろう。

そういうものと思って楽しむとしよう。

あくまでメインは勉強だし。

そんな風に気合いを入れ直し、合宿に備えて持っていくものの準備をしている——そのときだった。

「……おお」

引き出しの奥の方から、カードの山を発掘した。

お菓子の箱にしまっておいた、数百枚はあろうカード達。

「懐かしいな」

小学生の頃にハマっていたカードゲームだ。

木下《きのした》や高野《たかの》とよく一緒に遊んでたっけ。

当時はずいぶんと夢中になって買い集めていたけど……小六になり、中学受験が本格的になり始めたあたりから、なんとなく遊ぶのをやめてしまった。

名前は——『カオスレジェンズ』

大手玩具《おもちゃ》メーカーが漫画雑誌とコラボして生み出したカードであり、漫画、アニメ、ソシャゲと多数のメディアミックスが存在する。

カードゲーム自体は今も大流行しているようで、転売目的のパック買い占めが定期的にニュースになったりしている。

「……このカード、現環境じゃもう全然通用しないんだろうな」

最近のカードゲームは戦術の移り変わりが激しい。

新弾が出るたびにガラッと環境が変化し、前期には強力だったデッキが全く通用しなくなったりすることもザラ。

三年前のカードでは、たぶん今の環境で戦うことは難しいだろう。

「……あ」

パラパラと眺めていると——一枚のカードに目が留まった。

『豊穣《ほうじょう》の女神アンナローゼ』

場に出して戦闘を行う、ユニットカードの一種だ。

効果は——『このカードが攻撃する際、自分か相手、どちらかの墓地からカードを五枚選び、持ち主の山札に戻す』

このカードには、ちょっとした思い入れがある。

小五のとき——

ショップでカードパックを買った後、家に帰るまで我慢できずに公園で遊んだことがあった。

そこで――後からやってきた右小《みぎしょう》の男子どもに因縁をつけられた。

一触即発の空気となったが、偶然右小の女子が通りかかり、相手が萎縮した隙に僕らは退散した。

その帰り道、高野《たかの》が僕に、自分が当てた一枚のレアカードをくれた。

レアカードに目を奪われている間に――僕ら三人は、先ほど通りかかった右小の女子達とすれ違った。

後ろ姿しか見えなかったが、一人、とてもでかい女がいたことはよく覚えている。

並んで歩いていた他の女子より、ランドセル一つ分大きかった。

小学生だと女子の方が発育がいい場合が多く、クラスでも男子より大きな女子は何人もいたが――あんなに大きい女子小学生を見たのは、生まれて初めてだった。

なんだか、すごく、妙なぐらいに、印象に残った。

だからこのカードを見ると、いつも思い出す。

あのときすれ違った、謎のでかい女のことを。

「…………」

改めて、思い出のカードを見つめる。

キラキラ光る表面には、黒髪の女神のイラストが描かれている。純白の衣装を身に纏《まと》い、手には神々しい装飾が施された杖《つえ》。そして……口にはドーナツを咥《くわ》えている。神聖な衣装とのギャップがすごい。

ずいぶんと食い意地の張った女神であるらしい。

このキャラクターの背景までは知らないが、きっとさぞかし『おもしれー女』なんだろうな。

一応レアカードに分類されるが、そこまでのレア度はない。墓地から山札に戻す効果も、デッキ切れを狙う相手ぐらいにしか使えなかった。コレクターの間でもさほど高値はついておらず、比較的手に入りやすいカードだ。

三年前でさえその程度のレアリティだったのだから、今ではもっと価値が下がっていることだろう。

僕はスマホを取り出し、なんとはなしに『豊穣《ほうじょう》の女神アンナローゼ』について検索してみた。

……合宿の準備がどこかに行ってることは薄々自覚している。ちょっとカードで遊んだらすぐに準備に戻ろう——など考えていた理性は、次の瞬間に吹き飛ぶ。

「なっ⁉」

変な声が出てしまう。

スマホで開いたのは、カードの市場価格を検索できるサイト。

『豊穣の女神アンナローゼ』の、現在の価格は――

「じゅ、十万円だと……!?」

僕が離れている間に『カオスレジェンズ』の環境は目まぐるしく変化したらしい。

三ケ月前に出た新弾『転がり出した運命《スリップストリーム》』にて、一時期猛威を振るった墓地コントロールデッキが復権を果たした。となれば対策も必須となり、墓地のカードを山札に戻す効果を持つ『豊穣の女神アンナローゼ』は、環境トップに対する強力なメタカードとして注目を浴びた。

出た当初はあんまり使い道がなかったカードが、数年後に環境の変化によって再評価される――カードゲームあるあると言っていいだろう。

『豊穣の女神アンナローゼ』は現在、Tier1デッキでの使用率が極めて高い、超有能カードとなっているらしい。

しかし、このカードが登場したのは僕が小五の頃――つまり、今から三年以上も前。

その後の弾でも再録はなし。

誰もがデッキに入れたくなるカードなのに、そのカードが出たのは三年以上前のパックだけ。

となれば必然的に――市場価格は吊《つ》り上がる。

でもまさか……十万もの価値になるとは。

もちろん上を見ればもっともっと高価なカードはあるのだろうが、中学生にとってはとんでもない大金だ。

机の中にしまっていたカードが、知らぬ間にそんな価値を持っていたなんて。

買ってもない宝くじが当たったような気分だ。

「……っ」

翌日――

僕は部屋にあったカードをまとめてリュックに入れ、カードショップへと向かった。

『豊穣《ほうじょう》の女神アンナローゼ』や他のカードを査定してもらうためである。

昨日、久しぶりにカードに触れてちょっと遊びたい欲も出てきたけれど……今年は受験の年だ。カードゲームに熱中している暇はないだろう。うっかり熱が再燃してしまわないように、今すぐ全部手放《てばな》した方がいい。売れるカードは全て売って、値段がつかないカードは回収してもらおう。

そう、全ては受験勉強のため。

決してお金に目が眩《くら》んだわけではない。

決して！

未成年の場合、保護者がいないと現金は受け取れないだろうから、とりあえず今日は査定だけしてもらうつもりだったが——今になって、親か姉に同行を頼むんだったと後悔が湧いてきた。

……怖い。

十万もの資産を持ち歩くのが怖い。

今、僕のリュックには十万のカードが入っている。

中学生が一人で持っていていい価値じゃないだろう。

どうしよう。その辺のヤンキーにカツアゲされたらどうしよう。漫画に出てくるみたいなレアカードハンターに、突如街中でカードバトルを申し込まれたらどうしよう……！

お、落ち着け！

大丈夫だ。こうやってリュックも前にしてしっかり抱きかかえてるし……いや、こうやって大事そうに抱えてる方がむしろ狙われるのか？

挙動不審になりながらも、必死に目的地へと歩を進める。

最寄りのカードショップに向かっている途中——とある公園を通りかかった。

懐かしい。

この公園が、『アンナローゼ』に関わる一悶着《ひともんちゃく》があった場所だ。

例のでかい女とすれ違ったのも、この公園のすぐ横。

ふと思う。

本当にこのカードを売ってしまって、いいのだろうか。

いくら高い値段で売れるからって、思い出のカードなのに。

……うーん。まあ、いいか。

大した思い出でもない。でかい女を思い出すだけのカードだ。だからなんだ、という話。

むしろ……相手の女性にも失礼だろう。見知らぬ男がカードを見るたびに、ふわふわと後ろ姿を思い出すなんて。

それに。

今の僕には——彼女がいる。

彼女以外の女を思い出してしまう品なんて、真っ先に処分した方がいいのかもしれない。

これはそう……言うなれば、元カノの私物を捨てるような、極めて紳士な行為と言っていいだろう。

そうそう、今の僕には彼女が――

「――京太郎《きょうたろう》？」

「んんっ⁉」

不意打ちで耳に飛び込んできたのは、まだまだ慣れない名前呼び。

びくん、と大きく反応してしまった。

「やっぱり京太郎だ。わっ。すごい偶然っ」

表情を輝かせるのは――背が高い少女。サラサラの黒髪。パッチリとした目。モデルみたいに完璧なスタイル……というか実際にモデル仕事もやっている。

そこに立っていたのは、僕の彼女――山田杏奈《やまだあんな》だった。

「山田……。ど、どうしてここに？」

「ドーナツ買いに来てたんだ。新作が食べたくて」

そう言うと山田は、手に持っていた紙箱を掲げる。

大手ドーナツチェーン店の箱だった。

ああ、そうか。

この辺り、山田のマンションからも結構近いんだった。

「京太郎《きょうたろう》はどうしたの？　あ……も、もしかして、私に会いに」

「いや、そういうわけじゃない」

動揺のあまり本当のことを言うと、山田《やまだ》は「そっか……」とちょっとがっかりした感じを出してきた。

しまった。

ここは嘘《うそ》でも「山田の顔が見たくて」と言うべきだったか。

……それはそれでキモいな。

「リュック……どうしたの、それ？」

山田が不思議そうな顔で言う。

僕が前に抱きかかえてるリュックを見て。

「な、なんでもない……いつものこのスタイルだろ。僕は」

「違うと思うけど。なんか……すごく大事そうに抱えてたよね」

挙動不審な態度も見られていたらしい。

まずい……。

このままでは、山田にリュックに入った大量のカードを見られてしまう。休みの日はカードショップに通ってるカードオタクの陰キャだと思われてしまう！

……いや別に、カードゲーマーに偏見を持ってるわけじゃないけど。でも女子受けが悪い趣味であることは間違いない。彼氏にカードゲームで遊んでいてほしい女子は、あんまりいないんじゃなかろうか。

さらに言えば——僕は受験生だ。

勉強そっちのけでカードゲームに熱中してたと思われたくない。

僕は必死にリュックを隠そうとしたが、

「ま、まさか……エッチなのが入ってるとか？」

「なっ」

「それなら……み、見なかったことにするけど」

「……勝手に察するな」

変な疑いを持たれた！　しかも気を遣われた！　「私はそういう男の生態にも理解ある彼女ですけど？」感を出されてしまった！

誤解を解くため、仕方なくリュックの中身を見せることにした。

「今日は……あそこの先にある、カードショップに行こうと思ってて」

「……これって」

リュックの中にあった大量のカードを見て、山田は言う。

「もしかして……『カオレジェ』?」

「え? し、知ってるのか?」

「うん。有名なカードだよね。小学生のとき、男子がみんなやってたし……あと、お父さんもちょっと前、ゲームでやってたよ。特典でついてきたレアカード、ケースに入れて部屋に飾ってた気がする」

「………」

そうか。ゲーマーの山田《やまだ》パパなら『カオレジェ』のゲームをやってても不思議じゃない。据え置きでもソシャゲでもいろいろ出てるからな。

「京太郎《きょうたろう》もやってたんだね。カードショップに行くってことは……まさか今日、大会に出るとか!?」

「いや……今日は、ただ査定してもらうつもりで」

「なんだ、そっかぁ。大会だったら応援しに行ったのになぁー」

裏表のなさそうな笑顔で、そんなことを言う。

ああ……なんだろ。

カードゲーム趣味はバカにされるかも、みたいに思ってた自分が恥ずかしい。山田はそんな奴《やつ》じゃないって、とっくにわかってたはずなのに。

いつもそうだ。

僕の『嫌われるかも』は、自意識過剰な被害妄想。

偏見を持っているのは、山田じゃなくて僕の方。

こういうネガティブな独り相撲からは、そろそろ脱却しないとな。

僕は前よりもずっと山田という少女を知っているし――そして自分のことも、前よりもずっと肯定できるようになれたんだから。

山田がカードを見てみたいというので、僕ら二人は近くの公園に入った。

ベンチに腰掛け、カードを取り出して広げる。

なんの因果なのか。

小五のときと同じベンチである。

あのときは木下《きのした》と高野《たかの》がバトルして僕が後ろで眺めていたけれど、今は僕と山田が座って、二人の間にカードを並べた。

「じゅ、十万円!? このカードが……!?」

『豊穣《ほうじょう》の女神アンナローゼ』を手に持った山田は、目を丸くした。

「すごいんだね……最近のカードって」

「僕もびっくりした」

すでに女優やモデルとして働いている山田《やまだ》からしたら大した事ない金額かもしれないが……いや、確か仕事の給料は全部山田ママが管理していると言ってたな。

金銭感覚は、そこまで僕と変わらないのだろう。

十万のカードをマジマジと見つめ……そして集中しすぎたせいで、食べ途中だったドーナツの欠片《かけら》を零《こぼ》してしまう。

「わっ。大変っ。十万円が……ふーっ、ふーっ」

「大丈夫だよ、スリーブに入ってるから」

慌ただしくドーナツの欠片を吹き飛ばす山田だった。

むしろその吐息がかかった方が値上がりするのでは……と一瞬思ったけどさすがにキモすぎる思考なので即座に脳内から消去する。

「……そのカード、少し山田に似てるかもな」

「え？　そうかな？」

『豊穣《ほうじょう》の女神アンナローゼ』

黒髪で長身の美女。神秘的な雰囲気を纏《まと》う聖女でありながら、戦闘中にドーナツを食べてるというギャップ持ち。今の環境でガチ構築デッキに入る前でも、デザインだけでファンを獲得していたらしい。

「うん……確かに髪型が似てるかも。それに今、ちょうどドーナツ食べてたもんね」

言いつつ、山田は次なるドーナツに手を伸ばす。まだ食べるのか。家族と食べるために箱で買ったとかじゃなくて、全部自分用だったんだな。

山田らしい、と思いつつ、僕も分けてもらったドーナツを一口かじる。

うん、美味《うま》い。

「あっ。そしたらさ、このカードはちょっと京太郎《きょうたろう》に似てるね」

そう言いながら山田は一枚のカードを手に取った。

『静かなる隠者キョーウ』

描かれているキャラは、フードを目深に被《かぶ》っていて片目しか見えない。性別も年齢も不詳。なんというか……負と闇と陰のオーラが強いキャラだった。

……うーむ。

闇属性は嫌いじゃないけど……似てると言われて嬉《うれ》しいカードではない。

そもそも『静かなる隠者』ってなんだ？

若干、意味が重複してないか？

頭痛が痛いみたいになってるぞ。

騒がしい隠者なんてたぶんいないだろう。国産カードゲームなのに海外のカードを無理やり翻訳したみたいな印象を受けるのは……意図的なのかミスなのか。

「……よしっ」

僕がなんとも言えない気分になっていると、ドーナツを食べ終えた山田《やまだ》が、グッと拳を握りしめて立ち上がる。え？　いつの間に食べ終わった？　僕に一つくれたとは言え、ひと箱あったんだぞ？

「カードバトルしよっか」

「え？」

「せっかくだし、『カオレジェ』で戦ってみようよ。私、ルールなら知ってるよ。お父さんのゲームで、ちょっとだけやったことあるから」

「……ほう」

予期せぬ言葉に――僕の中の血が騒ぎ出す。

小五の頃に持っていたような、カードゲーマーの血が。

「……面白い。初心者と戯れるのも、また一興だ」

ボソボソと言いつつ、デッキを手に取る。

「そこのカードショップのトップランカー……の弟……に、一度だけ勝ったことがある高《たか》野《の》……に、三回に二回ぐらいの割合で勝っていた木下《きのした》……に、七割の確率で勝っていた僕の実力を見せてやろう」

こんなこともあろうかと……とか思っていたわけじゃないけれど、昨日の夜、デッキはいくつか組んでいた。

掃除中や荷造り中にカードを見つけたら、うっかりデッキを組んでしまう。

カードゲーマーあるあると言っていいだろう。

「えっと、それじゃ……じゃんけんぽん」

「ぽん」

「あっ。私の勝ちっ。じゃあ先攻ね」

「どうぞ」

これが漫画やアニメなら『いくぜ！　先攻だ！』でテンポよくバトルを始めたいところだが、リアルなので普通にじゃんけんで先攻後攻を決めた。

ベンチに広げたフィールドで、カードバトルが始まる。

「えーっと、えーっと。じゃあ、私はこの強そうなのを出す」

「……そのカードはまだ出せない。コストが全然足りてない。ていうか、ドローフェイズ終わったらまずソウルを溜《た》めないと」

「そ、そうる？」

「ソウルは一ターンに一枚しか溜められないから、最初のターンは基本的にコスト一のユニットしか召喚できない。例外はいろいろあるけど」

「ええと」

「……ルール、知ってるんだよな？」

「だ、大丈夫っ。今思い出してきたから！　いろいろやって相手のライフカードをゼロにしたら勝ちなんだよね！」

「間違ってはないが……」

結局、山田《やまだ》の手札にコスト一のカードはなかったようで、ソウルを溜めるだけでターンを終えた。

次はこっちのターン。

「僕のターン。ドローッ」

シュバッ、と。

キレのある動きでカードを一枚引く。人差し指と中指だけで挟み、横に切るように引くのがポイント。数年ぶりの対戦だが、昔家で練習しまくった格好《かっこ》いいカードドローの仕草は、依然鈍《なま》っていないようだった。

……ふむ。

今引いたこのカード……そして、この手札……。

すごい。すごいぞ。

完全に揃《そろ》ってる……！

高鳴る鼓動を感じながら、僕は一枚のカードを場に出す。

「僕はまず——コスト8の『超神龍《ちようしんりゆう》ガルバガドラス』を特殊召喚！」

「……ええっ⁉」

「このカードは自分の手札を全て墓地に送ることによって、コストゼロで特殊召喚することができる！　さらに——手札が墓地に置かれた瞬間、手札にあった『墓荒らしの棺桶《かんおけ》』の効果発動！　このカードが手札から直接墓地に置かれた瞬間、デッキの上から五枚のカードを墓地に置く！」

「………………」

「さらにこの瞬間、墓地に置かれた『滅屍龍《めつしりゆう》ゴーマ・ガルム』の墓地効果が発動！　墓地のドラゴン一体をフィールドに特殊召喚！　これにより『ガルバガドラス』の特殊効果が発動！　ドラゴンが特殊召喚に成功したとき、自分のライフカードを二枚破壊してもよい！　その場合、相手のライフカードを一枚破壊する！」

「……えっと」

「僕のターンはまだ終わっちゃいないぜ！」

「………」

「来たっ！　ライフカードにあった『奈落送り』のトリガー効果発動！　デッキから三枚のカードを選んで墓地へ。この瞬間、再び『ゴーマ・ガルム』の効果が発動して、墓地のドラゴンを特殊召喚！　さらに『ガルバガドラス』の効果が再発動し、自分のライフ二枚と引き換えに山田《やまだ》のライフ一枚を破壊！」

「………」

「そして特殊召喚した『迅雷のドラゴンライダー』の効果によって、僕のドラゴンは全て『ツバメ返し』の能力を得る。『ツバメ返し』は自分のライフが相手より少ないとき、『相手カードの効果の対象にならない』を得る効果……僕は自傷でライフを破壊しまくったことで条件を満たしている！」

「………」

「バトルフェイズ突入！　墓地にある『龍の遺骨』の効果で僕のドラゴンは全て『神速』を得て即座に動ける！　全ユニットで一斉攻撃！　『ツバメ返し』により仮にトリガーがあろうとも僕の攻撃は止まらない……！」

「………」

「最後に『ガルバガドラス』で攻撃！　喰《く》らえ、『神滅《しんめつ》のエクストリームフレア』！　これで山田《やまだ》のライフカードはゼロ！　僕の勝ちだ！　はあ、はあ、はあ……」

勝った！

決まった！

後攻ワンターンキルが決まった！

すごい、すごいぞ……！

自分で組んだデッキだけど、まさかここまで狙い通りのことができるとは思ってなかった。机上の空論だけで作ったような、完全なるロマン砲墓地コンデッキ。引きが悪いと事故が頻発する構築だったけど……今回は、初手から全部狙い通りにできた！

妄想しまくってたロマン砲が実戦で成功した。今では禁止になってるカードもあるから公式戦では使えないコンボだったけど……やっぱり決まったときの破壊力と爽快感はすごい。

「………………………」

ワンターンキルの達成感に酔《よ》い痴《し》れる僕だったが――数秒後に、やっと気づく。

目の前にいる山田《やまだ》が、とんでもない顔をしていることに。

虚無、である。

怒りも呆《あき》れも通り越したような、圧倒的虚無。喜怒哀楽の一切を失ってしまったような、完全なる無表情。山田のこんなにも冷めた顔を見るのは……かなり久しぶりだ。

ほとんど会話もしてなかった頃、たまに僕や他の男の視線に気づくと、恐ろしく冷たい顔をしていた気がする。

でも今の顔は……ある意味あのときよりひどい。

冷たいという印象すら受けないような、極限の無表情だ。

「……終わった?」

「……う、うん」

「……私、負けたの?」

「………うん」

「……なんにもしてない」

「…………うん」

うわあああああ！　な、なにをやってるんだ僕は!?

ワンターンキルって！

せっかく彼女がカードゲームに付き合ってくれたのに、やったことが対話無視の後攻ワンターンキルって！

手札があまりによすぎて我を忘れてしまった。

ずっと一人でシュバババババッ、と一人遊び《ソリティア》をやってた。

これはひどい。ギルティすぎる。自分の趣味に付き合ってくれた彼女に、一番やっちゃいけないことをやってしまった気がする。

「……全然、楽しくなかった」

「ご、ごめん……」

「だから――もっかいやろっ」

罪悪感のあまり俯《うつむ》いてた僕は、その声に顔を上げる。

そこに極限の無表情はなく、若干の呆れを孕《はら》んだ柔らかな笑みがあった。

「……怒ってないのか？」

「怒ってないよ。ただ……京太郎《きょうたろう》らしいなあ、と思っただけ」

「ぐっ……」

それはそれで、なんだか屈辱的な話だった。

初心者相手に対話無視ワンキルをやるのが、僕らしさなんだろうか。

「京太郎《きょうたろう》が強いのはわかったから……次は私を楽しませてね」

彼氏なんだからさ。

と。

ちょっと顔を近づけて、意地悪っぽく言う。

そんなことを言われてしまえば……僕はもう、黙って従うしかない。付き合い出してからの山田《やまだ》は、前にも増して距離感が近いときがある。

こういう不意打ちは、僕にとっては毎回ワンターンキルみたいな破壊力を持っているのだった。

次のバトルは、思い切り遊ぶことにした。

ガチではなくエンジョイで。

デッキは崩し、余っていたカードも混ぜてシャッフル。そこからお互いに四十枚をランダムに選んでデッキとする。

両者共になにが入ってるかもわからないまま対戦開始。

完璧なエンジョイ対戦と言えるだろう。

「私のターン、ドロー……の前に、前のターンに使ったソウルを全部アクティブにして、ドロー。ソウルを五つ支払って、『でもでもデーモン』を召喚。……あってる？」

「あってる」

「前のターンに出した『砂漠の人魚ミミー』で、京太郎を攻撃。ライフカードを一枚破壊。……あってる？」

「あってる」

「よしっ。ターン終わり。そっちの番だよ」

山田は一生懸命にプレイして、僕は適宜アドバイスをする。うん、いいな。こういうエンジョイ対戦も楽しい。オタクの夢を叶《かな》えてる実感がある。

このまま楽しくできればいいと思うが、

「僕のターン、ドロー。……ふっ。やはり切り札は僕に微笑《ほほえ》むようだ」

ちょっといいカードを引くと、どうしても格好《かっこ》いいことが言いたくなってしまう。我ながら困ったものだ。

「『豊穣《ほうじょう》の女神アンナローゼ』、召喚」

「あっ。十万円」

値段で言うな。

生々しいだろ。

完全ランダムでデッキを組んだけど、一番のレアカードは僕のデッキに入っていたようだった。

「むぅ……。私に似てるカードなのに、私を裏切るなんて」

「裏切ったわけではないだろう」

「でも負けないもんね。私は……京太郎《きょうたろう》を召喚っ」

場に出されたのは『静かなる隠者キョーウ』。

山田《やまだ》が僕に似てると言ったカードだ。

……まだ僕のターンは終わってないのに、山田が勝手に自分のターンにしてしまったようだが、まあいいだろう。

エンジョイ対戦だし。

「このカードは……神属性のカードには強くなるんだよね？」

「うん。『キョーウ』は神特攻を持ってるから、神とか女神とかが名前に入ってるカード相手にだけ、攻撃力が二倍になる。あんまり強くないカードだけど、特定の相手にだけはバッグンに強い。『アンナローゼ』には天敵みたいなカードだな」

「私にだけ攻撃力が上がるんだ。……やっぱり似てるかも」

「ん？」

「なんでもないっ。これで私が有利だね」

得意げになる山田。

「ふっ。甘いな。僕は手札よりスペルカード『強制収容ボックス』を発動」

「ええ？」

「お互いのフィールドの一番攻撃力の高いユニットを一体ずつ選び、三ターンの間ゲームから除外する」

『アンナローゼ』と『キョーウ』を選び、二枚重ねて脇に置いておく。

「ああ……京太郎が」

ショックを受ける山田。

「京太郎が……私の下敷きに」

「…………」

「京太郎と私が重なって、閉じ込められるなんて……」

「…………」

なんか表現がいかがわしいな！

確かにカードは重なってるけど！

まるで『〇〇しないと出られない部屋』に閉じ込められたみたいじゃないか！

三ターンの間、なにをしてるんだ、僕らは!?

「んんっ。とにかく——これで盤面はリセットだな」

「むむ……私のターン、ドロー。あっ……なにこれ。面白いカードっ」

そして山田《やまだ》は、引いたカードを使用する。

「私は『いつでも相手にリスペクト』のカードを発動！『対戦相手に握手を申し出る。相手が応じたら二枚、相手が応じなければ十枚デッキからドローする』」

「んんっ!?」

握手だと？

なんだそれ？

「こういうカードもあるんだね。奥が深いなあ」

山田はうんうん、と感心していた。

ああ。そうだ、思い出した。

『いつでも相手にリスペクト』

これは……いわゆるネタカードだ。

ジョークカードとも言う。

子供向け漫画雑誌の特典とかでついてくる、ちょっとふざけたノリが入ったカード。

『相手と握手をする』『ポーズを決める』『相手にクイズを出す』などなど、遊び心あふれる効果を持っていたりする。

公式戦では使えないものも多い。

しまった。余ってたカードも全部裏返して混ぜたから、普通なら絶対にデッキに入れないようなネタカードも混在しちゃったのか。

「どうする？」

「……お、応じます」

十枚ドローされては大変なので、差し出された手を握る。

僕より少し大きくて、温かな手。

もう何度も触れているけど……カードゲーム中に触れると、またいつもとは違った気分になってくる。

「これ……何秒やればいいのかな？」

「そ、そろそろいいんじゃないのか」

妙な照れくささを残して、握手が終わる。

「じゃあ、私はカードを二枚ドロー。あっ……また面白いの引いた」

また⁉

「私は『かわいくおねだり』のカードを発動！　『できるだけかわいく「カード引かせて頂戴♡」とおねだりする。相手がかわいいと認めたら五枚、認めなかったら二枚カードをドローする』」

おい！　ネタに走りすぎだろ！

世の中、そういうノリを楽しめる子供ばかりじゃないんだぞ！

「じゃ、いくよ」

「う、うむ……」

「嘘《うそ》ついちゃダメだからね。かわいかったらちゃんと認めること」

「……わかってる」

落ち着け、落ち着くんだ、僕。

このカード効果の裁定はあくまで対戦相手の自己申告。仮に山田《やまだ》がどれだけかわいく言ったところで、僕が認めなければ効果は成立しない。

ここはシビアに行くぞ！

ちょっとやそっとのかわいさじゃ、絶対に認めないぞ！

「京太郎《きょうたろう》……カード引かせて頂戴♡」

「……認めるっ！」

ああっ、認めちゃった！

いやでも……無理だろ、こんなの。

認めないことなんて、できるわけがないだろう。

だって……かわいいんだから。

かわいくないわけがない！

かわいいしかない！

「わ、わあー……すぐ認めたね」

「……裁定は正確でなければならないからな」

なんとも言えない空気の中、山田はカードを五枚ドロー。

しかし五枚って。

ネタカード、爆アドすぎるだろ。

「……あっ。へえ……こ、こんなカードも、あるんだ……」

引いたカードの一枚を見つめて、山田は少し動揺した。

「どうしよ……。使っていいのかな……これ？　いいよね……真剣に戦ってるんだから、勝つために全力を尽くさないとなー……」

若干の躊躇《ちゆうちよ》を見せながらも、山田《やまだ》は一枚のカードを場に出す。

「私はこのカード……『熱い抱擁』を、発動っ」

「──っ」

「効果は……『対戦相手と熱い抱擁をする。お互いの気持ちが通じ合ったなら、今日からきみたちは最高の親友だ。お互い、カードを一枚ドローする』だってさ」

ネタカードがすぎるっ！

作った奴《やつ》、酔っ払いながらテキスト書いたのか⁉

カードのイラストでは……むさ苦しいおっさん同士が熱いハグを交わしていた。

完全に男同士のハグを想定してる。

制作者は異性との対戦をまるっきり考慮してなかったと思われる。

「しょ、しょうがないよね。勝つためだから。ここは、カードをドローしておきたいタイミングだからなー……」

わざとらしい言い方に、嘘《うそ》つけ、と内心でツッコむ。

さっきからネタカードでドローしまくってただろう。

山田の手札リソースはたっぷりだ。

「どうする？」

山田は立ち上がり、手札をベンチに置いた。

そして——手を軽く広げる。

ハグを待つ体勢だ。真剣な顔で僕を見てくる。羞恥に耐えながらも、なにかを期待するような瞳。そんな目で見つめられてしまえば……僕の選択肢は一つしかなくなってしまう。

「……ちょうど僕も、カードを引きたいタイミングだった」

覚悟を決め、勇気を振り絞って立ち上がる。相手が勇気を出してきたなら、僕だって応えねばなるまい。

本来は——

この手の『握手をする』みたいなカードは、『握手に応じる意思表示』さえしたら、実際に握手はしなくてもいいルールとなっているらしい。

だから今回のハグに関しても、僕が意思表示さえしたらルール的には問題ないのかもしれない。

しかし。

今更そんな指摘は、無粋にもほどがあるだろう。

一歩、山田《やまだ》に近寄る。

「……で、でも大丈夫か、こんなとこで」

「大丈夫じゃないかな。この辺、人気《ひとけ》少ないし」

「……じゃあ」

「……うん」

僕達はお互いに一歩踏み込み——抱擁をした。

ギュッ、と。

互いの背中に手を回し、抱き締める。

山田とハグをするのはこれで何度目になるだろう。何回やっても全然慣れない。服越しでも相手の体温が伝わってきて、信じられないぐらいに心臓がバクバクする。

山田の甘い匂いが鼻孔をくすぐり……いや。これは、さっき食べてたドーナツの匂いだな。食べカスが服についてたんだろう。山田らしい。

「……熱い抱擁、できてるかな」

耳元で山田が囁《ささや》く。

甘い響きを持つ小さな声に、体中が痺《しび》れるような感覚があった。

「……できてるんじゃないか」

「これ、何秒ぐらいやればいいと思う？」

「……き、気持ちが通じ合うまでじゃないか。テキストに則《のっと》るなら」

「気持ちが通じ合うまで……」

言葉を噛《か》みしめるように、山田《やまだ》は言った。

「いつ、通じ合うのかな？」

「……わからない」

ネタカードには簡単に書いてあったけど、人間同士、そう簡単に気持ちが通じ合ったら苦労しないだろう。

僕と山田は、今まで何度もすれ違いながら、ちょっとずつちょっとずつ気持ちを近づけてきた。

やっと付き合うことができたけど……でも付き合ったからって、互いの全てを理解し合えるわけじゃない。付き合っても、ハグをしても……キ、キスをしても、気持ちなんて通じないことの方が多いのかもしれない。

でも、それでも――

「わからない……けど、通じ合いたい、とは思ってる」

「……そうだね」

山田は静かに言った。そして、

「はいっ、そろそろ終わり」

パッとハグをやめて、元の位置に戻る。

「通じ合ったのか？」

「うん。通じ合いたい、って気持ちが通じ合った気がする」

楽しげに笑う山田だった。

そんな彼女を見て、僕も幸福な気持ちになり……そして、相手が別の方向を向いた一瞬の隙を見計らって、大変なことになってる下半身のポジションを直した。

まったく……そろそろ、こういうエモいスキンシップぐらいではいちいち反応しない男になりたいものだ。


「あーっ、楽しかったっ」

対戦が終わった後、僕達は並んで公園を出た。

「またやろうね」

「……今度はネタカードは抜きでやろう」

「えー、あれ、面白いのに」

　不満そうに口を尖《とが》らす。

「あっ。でも、カードは売っちゃうんだっけ？」

「考え中……」

　売るつもりではいたけど、こんな風に山田《やまだ》と遊べるならば売らなくてもいいような気がしてきた。うーん、でも十万円はデカいよなあ。

「……あ」

　公園の横を通り過ぎていく途中、山田がふと声をあげ、足を止めた。

　視線は公園の中へと向いている。

　さっきまでカードで対戦していたベンチの、背中側が見えた。

「どうした？」

「ううん、なんでもないんだけど……ちょっと思い出して」

　山田は言う。

「小学五年生のときだったかな、友達とこの辺歩いてたら、公園のベンチで男子が『カオレジェ』のカードで遊んでたんだよね」

「……ふむ」

「その後、公園にいた男の子達とすれ違ったんだけど……少し背の低い男の子が、他の子からカードもらってたんだよね」

「……え？」

「なんでだろ。なんか覚えてるんだよね、そのときのこと」

「…………」

待て。ちょっと待て。

今のエピソードは――

「ど、どんな奴《やつ》だった？」

「え？」

「カードを受け取ってた奴、どんな奴だったか覚えてるか？」

「え、えー、どんなだったかな……？」

山田は頭に手を当て、必死に記憶を探ろうとした。

「確か……三人の中で一番背が低い子で……」

「……そ、それで？」

「えーと……あと思い出せるのは、着てた服の袖に……『DEATH LAND』って書いてあったこと……」

「ごめん、他はなんにも思い出せない……」

逆になぜ『DEATH LAND』だけ思い出せる？

そんなにインパクトがあったのか？

確かに着ていたが。

僕はそういうのを好んで着ていたが……！

とにかく。

今ので――確定した。

「それ……僕だ」

「へ？」

「山田《やまだ》とここですれ違ったのは……僕」

「え？　え？」

「小五のとき……この公園でカードで遊んでたら、右小《みぎしょう》の連中に絡まれて……。その後公園から帰るとき、友達からカードをもらって……」

僕は顔を上げる。

自分より高い位置にある、山田の顔を見上げる。

「………」

「そして——背の高い女子とすれ違ったんだ」

「……え？　え？　う、嘘《うそ》っ」

山田は目を丸くした。

「ほんとに？　どんな女子だったの？」

「他の女子よりランドセル一つ分ぐらい背が高くて……髪をサイドで縛ってた」

「……わ、私だ、たぶん。その頃、よくサイドで縛ってたから……」

山田はマジマジと僕を見る。

「じゃ、じゃあ、京太郎《きょうたろう》が——あの『DEATH LAND』の子ってこと!?」

『DEATH LAND』の子っていうのはやめろ。

事実だが。

悲しいぐらい事実なんだが。

「えー……そんな……全然、気づかなかった。顔、見えなかったし」

「僕も……今まで気づかなかった。後ろ姿しか見てなかったから」

「す、すごい偶然だねっ」

「ああ」

驚いた。

いまだに信じられない。

なんの偶然なんだろう。

なんの運命なんだろう。

小五のときに一度だけすれ違ったでかい女が、山田《やまだ》だったなんて。

そんなニアミスがあったなんて。

「……あのとき友達からもらったカードが、この『豊穣《ほうじょう》の女神アンナローゼ』なんだ」

僕はリュックにしまっていた『アンナローゼ』を取り出した。

山田はカードに触れる。

カードの価値が十万円と知ったときよりも、ずっと愛《いと》おしそうに。

「そっかぁ……私、前にも京太郎《きょうたろう》と会ってたんだ」

「みたいだな」

僕らはなんとなく、二人でカードを見つめ続けた。

別に、だからなんだ、という話ではあるのだろう。

会ったと言っても、言葉も交わさずにすれ違っただけ。ニアミスもいいところだ。その事実が判明したところで、なにかが大きく変わるわけでもない。

ただ——

レアカードを見ると思い出す、謎のでかい女。

妙に印象に残っていたそのイベントが――今この瞬間、僕の中で、一生忘れられない思い出になっただけの話。

その日の夜――

『え？　十万円じゃなかったの？』

「……うむ」

僕は山田と、就寝前に自室で通話をしていた。大した用件ではなかったけれど、一応伝えておこうと思って連絡をした。

「帰ってから改めて調べてみたら……十万円になってるのは、『アンナローゼ』のシークレットスーパーレアだった」

『し、しーくれっと……？』

「僕の持ってた『アンナローゼ』は、ただのスーパーレアだった」

どうやら僕は、早とちりをしてしまったらしい。

十万円に驚きすぎて、詳しく調べるのをやめてしまった。

カードゲームの市場では、同じカードでもレアリティによって希少価値が大きく変わる。

『アンナローゼ』は今、確かに価値が高騰しているが、十万円の価値があるのは一番希少なシークレットスーパーレアだけ。

僕の持ってたスーパーレアは、五千円程度の価値らしい。

五千円でも十分高額だけど、十万円の後だとどうしてもショボく感じてしまう。

『そっかぁ。残念だったね』

「まあ、カードの価値は相場だから、いつか値上がりする可能性も、なくはないけど」

『ふーん』

「……でも、いいんだ。どっちみち、もう売る気はなくなったから」

あの後――

僕はカードショップには向かわずに家に帰った。

査定してもらう必要がなくなったから。レアリティに関しても、なんとなくカードを調べていたら偶然気づいてしまっただけ。

手元にあるカードを見つめる。

『豊穣《ほうじょう》の女神アンナローゼ』

十万円かと思ったら、実は五千円だったカード。

九万五千円の値下がり。

でも不思議なことに、全く損した気分になっていない。それどころかむしろ、前よりもずっと輝いているように見える。

『京太郎《きょうたろう》、見て見て』

画面通話に切り替えて、山田《やまだ》が言う。不意に見えた部屋着姿にドキッとするも、すぐに画面はとあるカードで埋め尽くされた。

『静かなる隠者キョーウ』

僕に似てるらしいカード。

今日の別れ際、山田が欲しいと言うからプレゼントしたのだった。

『大事にするね』

「……そ、そっちはレアカードでもなんでもないコモンだから、そこまで大事にしなくてもいいと思うが」

『大事にするよ』

ボソボソ言う僕に、はっきりと言ってくる山田。

僕と山田。

『キョーウ』と『アンナローゼ』

お互いに似てるカードを、お互いに持ち合っている。

……これもまた、だからなんだ、という話なんだけど……なんだろうなあ、この、ムズムズしてしまうような気持ちは。

『京太郎《きようたろう》もさ……私のこと、ちゃんと大事にしてね』

山田《やまだ》は言った。

いつもの、ワンターンキルしてくるような声音で。

「……善処する」

僕はそんな風に返すので精一杯だった。

通話をしつつ、僕はカードを机にしまう。

前よりもしっかりと、でも少しだけ厳重に。

これからも僕は、このカードを見るたびに思い出すのだろう。

謎のでかい女――ではなく。

山田杏奈《あんな》との、新しい思い出を――

「……あ、そういえば」

なんだかいい感じに一つの話にオチがついたような気はしたんだけど、僕はふと気になって問うてみる。

「僕に絡んできた右小《みぎしょう》の奴《やつ》らは……通りかかった山田を見たら急にソワソワし出したんだよな。ビビリだしたっていうか」

照れたような怯《おび》えたような、奇妙な反応だった。

小学生男子特有の女子相手にもじもじしてしまう現象かと思ったが、それにしても少々過剰だったような。

「不思議だよな。あれ、なんだったんだろう？」

『あー……んー。今でもよくわかってないんだけど、私、小学校のとき、一時期男子から避けられてたんだよね』

山田は少し恥ずかしそうに続ける。

『小四ぐらいのとき……夏、熱いから水着で登校してたときがあって』

「――っ!?」

水着で登校!?

スクール水着でってことか？

にわかには信じられない……けど、そういえばその話、聞いたことあるぞ。吉田《よしだ》が話してるのを、こっそり聞いた気がする。

『ほ、ほんとに何回かなんだけど……その後から、急に男子が、私のことを避け始めたっていうか。私が近寄ると、みんなもじもじしてどっか行っちゃって……。なんでかな？』

「…………」

急に動揺した右小《みぎしよう》の男子達の気持ちが、痛いぐらいにわかった。

そりゃもじもじするよ。

数年は直視できなくなっちゃうよ。

プールでもない場所で堂々とスク水を着てる女子を見たら。しかも山田《やまだ》は小学生の頃から高身長で、スタイルもきっとよくて——

うわあ〜〜〜〜〜っ！

同小《おなしよう》のやつ、くっそ〜〜〜〜〜〜〜〜〜っ！

エモい話で終わるかと思ったら、最後の最後ですんごいもやもやする新事実が発覚してしまった。もう時効だから許してやろうと思っていたあの男子達に、新たな殺意が湧いてしまった感じである。

第三章　神崎健太は触ってみる

三年の一学期――

体育祭より後で、修学旅行よりも前。

そんな時期のことである。

「要するに、腹肉とは第二のおっぱいなんだよ」

堂々と、本当に堂々と。

もはやある種の崇高さすら感じる真剣な顔つきで、神崎《かんざき》は言った。

アホか、と僕は思った。

ある日の放課後。

下校途中、男子の間でくだらない話が始まった。

三年に進級したときに『たまには一緒に帰ろうぜ』と、ふんわりと約束していたメンバー……すなわち、僕、神崎、足立《あだち》、太田《おおた》である。

この四人で、再び一緒に帰るタイミングとなった日があった。

内容はいつも通り……と認めてしまうと悲しいのだけれど、とにかくいつも通り、下ネタ風味の話だった。

でも、今日はなんだか空気がおかしかった。

神崎健太《けんた》。

言わずと知れたデブ専の男子であり、『全身チン○』という異名が大変よく似合う男である。

僕らが男子中学生らしい下ネタでとどまっている中で、一人だけガチ感を出して空気を凍らせることが多々ある。

いつもならば、神崎が特濃の性癖を開示してきたら話は終わりだ。

オチがついたみたいな感じになって、話は次のパートに移る。

しかし今日は——なんだか空気がおかしかった。

「だ、第二のおっぱい……？　どういうことだよ……？」

足立がなにか聞き返すことが多くて——その結果、神崎もどんどん乗せられて、語り口がヒートアップしていく。

徐々にトークが熱く深くなっていき、これまでは片鱗《へんりん》しか見えなかった神崎の性癖が——今、その全貌を現そうとしていた。

「まず大前提として、男はみんなおっぱいが大好きだろ？　俺だって大好きだ。グラマスな巨乳……いや、爆乳ぐらいがいい……大きければ大きいほどいい……最低でもメートトルはほしい……。とにかく……爆発的なまでの質量と量感があるおっぱいがいい……」

「それは、ちょっとはわかるけどよ……でも、腹の肉はない方がいいだろ。いや、ちょっとぐらいあってもいいけど、細いに越したことは――」

「甘いっ」

クワッ、と一喝する神崎《かんざき》。

足立《あだち》は甘いらしかった。

「そもそもの話――男はなぜおっぱいが好きなんだと思う？」

「なぜって……」

「理由は山ほどあるだろうけど……その一つに、おっぱいは普段『隠されている』というのがあると、俺は思う。女性のおっぱいは普段は隠されているからこそ、男はそこにロマンとエロスを感じるんだよ」

「それは……まあ、確かに」

「よし。ではここで、女性の腹部に視点を移してみよう。近年、スタイルのいい女性はむしろ腹を出す傾向にあると思わないか？　ビキニ水着なんかはもちろん、普段着ですら細いウエストをアピールしている女性は多いだろう？」

「ああ、あるある。ガールズアイドルとかも、腹を出してる衣装が多いよな」

「スタイルのいい女性にとって、腹部を晒《さら》すことは恥ではない。むしろ鍛え上げた腹筋やウエストを他者に見せて誇りたい人だっているだろう。つまり『隠された』ものではない」

だがしかし！　と。

神崎の語調が強くなった。

頬《ほお》も紅潮し、鼻息も荒くなっていく。

「ウエストがだらしない女性にとっては……腹なんて絶対に他人には見せたくないものなんだ！　ましてそれが腹『肉』と呼ばれるボリュームになってしまえば……もはや女性にとっては恥部にも等しい……。誰にも見せたくない、特に異性には絶対見せたくない、恥ずかしい脂肪の塊……これはもはや……おっぱいと言って差し支えないんじゃなかろうか!?」

拳を握りしめ、神崎は語る。

「わかるか？　そこに女性の『隠したい』という恥の概念が生まれたとき、腹肉は第二のおっぱいとなるんだよ！」

「おおっ。な、なるほど……」

足立が感嘆の声をあげた。

いや、納得するなバカ。

なにを言いくるめられている。

腹肉がおっぱいなわけがないだろう。

たとえば山田《やまだ》は今スタイルが抜群にいいけど、そんな山田がもし普段の暴食が原因で腹に肉を溜《た》め込んでしまったとして、それを僕に見せるのを恥ずかしがっていたとして、そんな肉に僕はなにも感じないな……。普段割と普通に腹も見せてくる山田が、急に恥ずかしそうに腹を隠し出したからってなにも……なにも……。

…………。

……はっ。

ち、違うぞ！

ちょっといいかも、とか思ってないからな！

僕は腹肉で興奮なんかしない！

「じゃあ神崎《かんざき》。腹肉が第二のおっぱいなら……尻は第三のおっぱいなのか!? あれも、女性は隠したいもんだよな！」

「愚か者！」

クワッと怒鳴る神崎。

愚か者って。

「尻は尻単体で素晴らしいものだ！　おっぱいと比較するものではない！」

比較してはいけないらしい。

「ただし――尻の上にある肉……いわゆる『ラブハンドル』と呼ばれる脂肪の塊……太ましい女性がついつい溜め込んでしまいがちな、尻のようで尻ではない、でもちょっとだけ尻っぽい脂肪……第三のおっぱいは、あの部分だ。あれは女性にとって、本当に恥ずかしい肉だからな」

第三のおっぱいはあそこらしかった。定義が意味不明すぎる。

そうか。

あそこ『ラブハンドル』なんて名称があったのか。

いらぬ知識が身についてしまった。

山田はほとんどなさそうだな、『ラブハンドル』。

「で、でも待てよ……今、気づいたんだけどさ」

足立《あだち》が恐れおののきながらも続ける。

「第二、第三のおっぱいって言うなら……そもそも、胸って左右で二つあるんじゃないのか？　そしたら……左右で第一、第二ってことになるんじゃないのか!?」

とてつもない新発見をしたような口調で言う足立。

なんだそのしょうもない意見は、と思ったが、

「――っ!?」

神崎《かんざき》は衝撃を受けていた。

なんでだよ。

「そ、そうか……迂闊《うかつ》だった……女性のおっぱいは、左右で形が違うという……。人によっては、カップがワンサイズ異なることすらあるらしい……それなのに俺は……思考停止でおっぱいを左右一対で考えてしまっていた……。本当は、左右のそれぞれに個性があるはずなのに……」

人生を費やして書いた論文が根底から覆されたような、激震の顔である。

いやだから、なんでだよ。

「おっぱいはセットではなく、左右それぞれで愛するべきなのか……？　それぞれの肉の個性を尊重すべきなのか……？　一緒くたにせず、左右別々に名前をつけて、それぞれの個性を尊重しながら愛するべきなのか……？」

頭を抱えて懊悩《おうのう》し始める神崎。

「……おっぱいは左右ワンセットではない……いや、むしろ逆か？　全身の肉の個性をそれぞれ尊重するからこそ、女性の全てをワンセットで考えるべきなのか？　一は全、全は

一……第一、第二などと考えず、全身で一つ……つまり、そう……太ましい女性はみんな、『全身おっぱい』と言えるのでは……!?」

「……やっぱりやべえな、神崎は」

「……全身チン○だろ」

今まで悪ノリしていた足立《あだち》もさすがにドン引きしたようだった。

太田《おおた》も冷たいツッコミ。

そういえば、『全身チン○』と最初に命名したのは太田だったっけな。

「ふぬぅう……女性は『全身おっぱい』……? いやでも、尻は……尻は尻だけで完結した素晴らしいものであって……臀部《でんぶ》の芳醇《ほうじゅん》なセルライトはなにものにも替えがたい魅力が……!」

価値観を揺るがされた神崎は、しばらく苦悩し続けた。

長年探求し続けた学問を根底から覆された学者の如《ごと》く懊悩していた神崎だったが、数分後には「まあ、女性の体は全部素晴らしいってことでいいか!」と自力で立ち直った。

相変わらず変なタイミングで悩み、変なタイミングで立ち直る男である。

四人での下校を再開。

途中、足立《あだち》と太田《おおた》が別れて、僕と神崎《かんざき》の二人になった。

「でもよかったよ。普通そうで」

「なにがだ？」

「市川《いちかわ》と足立。体育祭ではいろいろあったみたいだから」

「ああ……」

いろいろあった。確かにいろいろあったな。思い返すと少々恥ずかしい。ずいぶんと青臭いことをしてしまったような気がする。

「足立が普通に接してくれてるから……助かってる部分はある」

「いい奴《やつ》だよな、足立」

「……まあ」

いい奴ではあるのだろう。

……なかなか面と向かっては言えないけど。

足立と僕との三角関係……と呼べるほどのものだったのかどうかはわからないけれど、とにかく僕らの因縁は体育祭で決着がついたような気がする。

そういえば、いつから始まったんだっけかな。

足立が山田《やまだ》を好きだと知ったのは、確か——

——……これがまた恥ずかしいんだけどよ……。

——山田で……抜けなくなったんだよ……！

「…………」

「どうした、市川？」

「いや、なんでも……」

……思い出さなければよかった。

三角関係の始まりが最悪すぎるだろ。

こんな下品な始まり方ってあるのか？

好きな子では抜けない——よく言われることなのかもしれないけど、別に僕はそんなことはなくて……だからそれでちょっと『この気持ちは性欲でしかないのか』とか悩んだりもして。

もしかしたら僕よりも足立の方が純愛なんじゃないのかとモヤモヤ考えてしまった時期もあったけど……うーむ。

「か、神崎はさ」

「うん？」

「ええと……その、なんかよく言うだろ。『好きな子だと抜けない』みたいなこと。あれ、どう思う？」

恐る恐る問うてみる。脈絡なく下品な話を始めたみたいになってしまったけど、神崎《かんざき》が相手なら別にいいだろう。

「好きな子だと抜けない……？　ふむ。よくわからないな」

僕の問いに、神崎は答える。

本当に不思議そうに、それでいて迷いない口調で。

「好きな子が一番抜けるに決まってるだろう」

「………………」

もはや、いっそかっこいいな！

かっこいいよ、神崎。

おかげで少しスッキリした。『僕はずっと山田《やまだ》が好きだったんだ』と胸を張って自分に言えそうだよ。

僕がある種尊敬の念を抱いていると――

「あっ。原《はら》さんっ」

神崎が声をあげて手を振った。

前方に原さんが立っていて、僕達に気づくと軽く手を振り返す。

原穂乃香《ほのか》さん。

足立《あだち》と同じ三年二組の女子。僕は二年時からいろいろと親しくさせてもらっている。優しくて器が大きく、なにかと頼りになる人格者な女子である。

そして、神崎との関係はというと――

「じゃあ市川《いちかわ》、またな」

「また」

軽く別れを済ませて、神崎は去っていく。

待ち合わせをしていたらしい。

原さんのもとに辿《たど》り着くと、神崎はニコニコとなにかを言って、それに原さんが照れていた。

『今日もかわいいね』とか『昼休みに会ってから三時間ぶりだけど、また一段と綺麗《きれい》になったね』とか、気持ち悪いことを言っているのかもしれない。

もはやカップルにしか見えないが、でもあの二人はまだ付き合っていないらしい。

神崎と原さん。

僕と山田にとってはなにかと縁が深い二人だ。ホワイトデーにはダブルデートみたいなこともしたし、周囲にはできる限り秘匿している僕らの関係性についても、向こうはなんとなく察していると思われる。

でも。

改めて考えると、僕はあの二人をあんまり知らないのかもしれない。

何度も二人で出かけていながら、まだ交際には至っていない。

お互いの気持ちは、なんとなく通じ合ってるように見えるんだが。

僕と山田《やまだ》と同じように、あの二人も曖昧な期間を過ごしているのだろうか。

曖昧で、不安で、不安定で――

でも、とても大切な、意味のある期間。

あんまり詮索するのもよくないだろうけど、少しだけ気になってしまう。

僕の知らないところで、あの二人はどんな風に過ごしているのだろう。

今年の夏休みは、どんな風に過ごすんだろう？

原《はら》さんとの久しぶりのデートは、夏休みに入って一週間が経過した頃だった。

中三の俺達にとっては、中学最後の夏休み。

となればもう、俺としては毎日……いや、毎分だって原さんに会いたい気持ちだけど、そういうわけにはいかない。

野球部の俺は、最後の夏の大会に向けて追い込み練習をしているし、原さんの方はすでに受験勉強を始めている。

お互いになかなか忙しい。

だから、夏休みだからといってそう頻繁に会うことはできないし——だからこそ、たまのデートがとてつもなく大切な時間となる。

「映画とか、すごい久しぶりだなあ」

二人で乗り込んだ電車の中、原さんが窓の外を見ながら言った。

これから二人で映画を見に行く予定となっている。

今日の原さんのコーディネートはというと、肘までかかるような薄手のシャツとデニムのパンツ。素晴らしい。かわいい。抱き締めたい。学校じゃちょっと地味めな印象がある原さんだけど、実は私服だとすごくオシャレだったりする。そのギャップがたまらない。

もちろん、イメージ通り私服が地味だったところで、それもそれでたまらない。

結論として、原さんはたまらない。

ああ、かわいいなあ。

一週間ぶりに会う原《はら》さんは、また一段と綺麗《きれい》になった気がするよ。

「一週間ぶりに会う原さんは、また一段と綺麗になった気がするよ」

「んんっ!?」

思ったことをそのまま口に出したら、原さんは顔を赤くした。

かわいい。

「も、もう……そういうのやめてってば。いつも言ってるでしょ？」

照れながら注意してくる原さん。かわいい。

むう。困ったな。俺としては素直な気持ちを伝えているだけなのに、原さんには嫌がられてしまうことが多い。ちょっとは自重した方がいいのだろうか。

「恥ずかしいから、人前では言わないで」

「じゃあ、人前じゃなかったら？」

「それは……ま、まあ、ちょっとだけならいいかもしれないけど」

照れる原さん。

かわいい！

「原さんのそういう照れ屋なとこ、俺、本当に好きだよ！」

「あはは。ありがと」

熱い思いをそのまま口にして告ってみたが、流されてしまった。

いつもこうだ。この昂《たか》ぶる愛をそのまま伝えているのに、どうしてか本気にしてもらえない。本気度が伝わっていない。

このままじゃ付き合ってるか付き合ってないのかもわからないまま、なし崩し的に大人の関係に――

…………。

まあ、それもいいか！

しかし……最近思うのだけれど、原さんはなにかと恋愛巧者な部分が多いような気がする。二人で遊んでいたりすると、俺が手玉に取られてあしらわれるようなタイミングがよくあるし。

三年になってからは、図書室で半沢《はんざわ》さん相手に恋愛談義をしていることもあるとか。

他人の恋愛に関しても、察しのよさを見せることが多い。

あの猜疑心《さいぎしん》が強そうな市川《いちかわ》も、原さんには結構な信頼を寄せているように見える。

ま、まさか……意外と経験豊富だったりするのかな。

私服が垢抜《あかぬ》けているのも、そういう過去があったからなのか……！

そんな……嘘《うそ》、だろ。

学校じゃ地味めな原《はら》さんが……実は男性経験が豊富だった可能性なんて。俺以外の男とあんなことやこんなことをしていたなんて！　もし今後俺とそういう関係になったとしても「前の男の方が上手だったなあ」とか思われてしまうなんて……！

………。

まあ、それもいいか！

うんうん、なかなかそれもいいな！

「映画、楽しみだね、原さん」

「うん、楽しみだね」

とても幸せな気持ちのまま、俺達は電車に揺られ続ける。


「そういえば神崎《かんざき》くん、夏の大会が終わって野球部を引退したら……また髪、伸ばしたりするの？」

「……いやあ、どうしよっかな。なんか不評だったから。二度と伸ばさないでって言われたし」

「あー、ご、ごめんね。なんか……みんなの前で叫んじゃって」

「いいよいいよ。そんなこだわりあったわけじゃないから。野球部やめても坊主のままでいっかなー。これはこれで楽だし」

「でも、伸ばしてみるのもいいと思うよ！　もみあげさえ伸ばさなかったら。ツーブロックとか、ソフトモヒカンとか。いろいろ似合う髪型あると思う。もみあげさえ伸ばさなかったら」

「……そんなにもみあげダメだったの、俺？」

楽しい会話をしながら、俺達は映画館へと向かう。

駅を降りて商店街を歩いていくと、『銅だこ』というたこ焼きチェーン店が目に入った。

店内では女子大生っぽいバイトの人が、強面《こわもて》の男性に注意を受けている。社員さんに怒られているのだろうか、あの強面と貫禄《かんろく》でバイトということはないだろうし。

どうでもいいことを考えつつ、俺達は目的地に到着。

夏休みということもあり、映画館はそこそこ混雑していた。

上映前に、列に並んで飲み物とポップコーンを買う。

しかし――

「……原さん、本当にそのサイズでいいの？」

銅だこ

「う、うん……」

彼女の手元にあるのは、最小のSサイズのポップコーンだった。

そして、飲み物はウーロン茶。

「別にダイエットとかじゃなくてね……。たまたま、今日はさっぱり系でいきたい気分というか」

「………」

わかりやすい嘘《うそ》だった。

ポップコーンを買う瞬間、Lサイズを頼むか頼まないかギリギリまで葛藤していた。選んだ味はプレーンだったけど、視線はずっとキャラメル味の方を向いていた。飲み物もコーラを指そうとする右手を、左手で押さえつけて強引にウーロン茶を注文していた。

本当は食べたいんだろう。

食べたくて食べたくてたまらないんだろう。

キャラメルがたっぷりかかったポップコーンをコーラで流し込むという、背徳的なコンボを決め込みたいんだろう。なんなら追加でナチョスとかも頼みたいに違いない。

できることなら——食べてほしい。

思う存分暴食してほしい。

ダイエットなんかしなくていいと、声を大にして言いたい。

俺は食べたいものを美味《おい》しそうに食べる原《はら》さんが好きだ。

でも――

――よせ。

――ありのままでいい、なんて言ったって、本人がそう思ってなければ単なる押しつけだろ。

――変わりたいって気持ちを、否定するべきじゃない。

ダブルデートのときに市川《いちかわ》から向けられた言葉には――本当にハッとした。

胸の奥にズシッときた気がする。

『ありのままでいい』

……難しいなあ。

とても難しい話なんだと思う。俺は相手を全面的に受け入れているようで、実は拒絶していたのかもしれない。

変わりたいという相手の気持ちに、耳を傾けていなかったのだから。

もしかしたら市川自身も、『変わりたい』という感情とずっと向き合ってきたのかもしれない。だからこそあのときの言葉は、すごく重みがあって俺の心に響いた。

「……そっか」

いろいろと言葉を飲み込んでから、俺は言った。

「足りなくなったら言ってね。俺のも食べていいから」

「うん。ありがとう」

俺達は二人でシアターへと向かった。難しい。どんな対応が正解なのか、ダイエットなんてしたことがない俺にはよくわからない。

俺の周りでダイエットに詳しい人なんて——ああ。

そういえば、一人いたかもしれない。

自称、ダイエットには詳しい女子が。


四ヶ月前——

俺と原さん、そして市川と山田《やまだ》さんのダブルデートの日。

早めに来てホワイトデーのプレゼントを買おうと思っていたら、偶然、同じように早めに来ていた山田さんと出会った。

そこで俺は彼女にプレゼント選びをお願いした。

「よかったね、いいのが見つかって」

「うん。ありがとう、山田《やまだ》さん」

通りに面していた雑貨屋で見つけた、カトラリーセット。大変かわいらしいデザインで、すごくセンスを感じる一品だ。

ホワイトデーだから食べ物がいいかと思っていたけど、でもスイーツパラダイスをご馳《ち》走《そう》するのにさらに食べ物というのも……いや俺は全然食べてほしいんだが……とか悩んでいたところで、山田さんから「だったらカトラリーは？」とアドバイスをもらった。

食べ物ではないけど、食べ物関係のプレゼント。

「本当に助かったよ、俺、全然いいの思いつかなくてさ。もういっそ、高級ハムの詰め合わせにしようかと思ってたぐらいで」

「そんな、お歳暮みたいな」

ツッコむ山田さんだった。

だいぶ久しぶりに話すけど、意外と話しやすいよな、山田さんって。

最初に話したのは、二年の初めの方。

俺が原《はら》さんと話したくて、勇気を出して図書室に呼び出したら……なぜか山田さんがいて、しかもその場に居座って三人で話し始めたんだった。

まあ結果的にいい空気になったから、今では感謝してるけど。

山田杏奈《あんな》さん。

見た目はとても綺麗《きれい》で、スタイルも抜群で、モデルや女優をやってる本物の芸能人。それなのに全然お高く止まった感じはしない。

よく食べるところも素晴らしい。

まあ……原さんの魅力には到底及ばないけどな！

それにしても、カトラリーセットか。

本当にいいなあ、これ。

俺がプレゼントしたスプーンやフォークで、原さんが食べ物を口に運ぶ。

唇と舌で触れ、白い歯で咀嚼《そしやく》して唾液と混ぜ合わせ、真っ赤な喉奥に飲み込んでいく。

そうやって取り込まれた食料は、やがて原さんの肉となる……。

はあ、はあ……。

ど、どうしよう。すごく興奮してきたぞ。

最高のプレゼントじゃないか、これは……！

「原さん、喜んでくれるといいね」

「これでたくさん食べてくれるといいんだけど……」

「あー、最近ダイエットしてるとか言ってたね」

「うん……最近っていうか、一年前ぐらいから、ずっと……」

「……」

「…………」

俺達は言葉を飲み込んだ。これ以上は本人がいないところでも言ってはいけない言葉のような気がしたから。

「や、山田《やまだ》さんは、体型維持のためになにかしてたりするの？　仕事とかあるだろうし、いろいろ大変なんじゃない？」

「んー、まあね。結構いろいろ考えてダイエットしてるよ」

山田さんは得意げに言う。

「好きなものを好きなときに食べる。そうやってストレスを溜《た》めないことが、私の体型維持の秘訣《ひけつ》かな！」

「……そうなんだ」

いくら俺でも、全く参考にならないことはよくわかった。

山田さんはすごくよく食べるイメージだったけど、きっといくら食べてもあんまり太らない体質なんだろうな。

いくら食べても太らない……。

ああ――

それはもはや……一つの悲劇だな。

山田さんのポテンシャルには限界があるということだ。彼女には太る才能がない。肉を蓄える資質がない。資質がないし脂質がない。

かわいそうに。

「頑張って生きてね、山田さん」

「え？　あ、うん……うん？」

深い同情の意を示すと、山田さんはきょとんとした。

一息吐《つ》いて、続ける。

「俺はさ……原《はら》さんにも、山田さんみたいにたくさん食べてほしいんだよね。無理にダイエットなんかしなくていいのに」

「……あっ。そっか。神崎《かんざき》くん、ぽっちゃりが好きって言ってたよね。だ、段々になってるのがいいとか、言ってたような……。だから――」

「いや、そうじゃなくて」

そうでもあるんだけど！

もっともっと魅力的な肉を蓄えてほしい気持ちもあるんだが！

太ければ太いほどいいし、段々になってるのが最高なんだが！

でも、本当にそれだけじゃなくて――

「原《はら》さん、食べること大好きだろ？　俺は……美味《おい》しいものを美味しそうに食べてる原さんが素敵だと思うから、もっとありのまま素直になってほしくて」

「……あー、ちょっとわかるかも」

山田《やまだ》さんは神妙に頷《うなず》いた。

「好きなこと楽しんでる姿って、いいよね。普段が大人しいほどギャップがあるっていうかさ。うん……たまに我慢しきれなくなってる感じがかわいくて。バキの生原稿見たときの顔とか――」

「バキの生原稿？」

「あっ……な、なんでもないなんでもない！　えっと、その、二年のときの職場見学の話で……」

「ああ、そうか。山田さんと市川《いちかわ》は秋田書店《あきたしょてん》に行ったんだっけ？」

「そうそうっ。編集部でバキの生原稿とかも見せてもらってさ。よくわかんなかったけど……絵が上手《うま》かったっ」

「………」

　絵が上手かったって。

　伝説的な少年漫画の生原稿を見た感想がそれって、どうなんだろう？

　そこはかとない上から目線感。

　編集部が聞いたらピリッとしそうな一言だ。

「だけど……難しいよね」

　小さく息を吐き出して、山田さんは話を戻す。

「私もちょっと、わかんないな……。ダイエットしたい原さんの気持ちも、そのままでいっていう神崎《かんざき》くんの気持ちも、どっちも間違ってないだろうし」

「………」

「でも、きっと大丈夫だと思う」

「え？」

「だって神崎くん、こんな本気で考えてるんだもん」

　山田さんは言った。

　小さくはにかみながら。

「……男子がどれだけ真剣に考えてくれてるか、どれだけ真面目にこっちのこと想《おも》ってくれてるのか……女子の方は結構わかってるんだよ。本気なとこは、真剣なとこは……痛いぐらいに伝わってきちゃうの」

そう言う山田《やまだ》さんは、俺の方を見てはいなかった。

俺ではない誰かを――ここにはいない誰かを思い浮かべながら、本当に愛《いと》おしそうに言葉を紡いでいるように見えた。

「原《はら》さん、きっと喜んでくれるよ。スイパラもプレゼントも！」

「……うん。ありがとう、山田さん」

そのまま歩いていると――

前方に市川《いちかわ》と原さんを発見した。

服屋の前で、売り物の帽子を手に取ってなにかを話している。

山田さんが声をかけようとした瞬間、帽子を被《かぶ》った原さんに向かって、市川が「かわいい」と言って……そこからは、正直記憶がない。

俺が、そして隣にいた山田さんが、なんだかドス黒い感情に支配されてしまったような記憶の残滓《ざんし》だけが、なんとなくある。

察しの悪い俺は、ダブルデートの途中に原さんから教えられて、市川と山田さんの関係を知った。

仲がよくて何度も二人で遊んでいるけど、まだ付き合ってはいない。

曖昧で不明瞭な——俺と原さんみたいな関係だったらしい。

知ってしまえば、納得のいく部分も多かった。

スイパラにて——

『変わりたいって気持ちを、否定するべきじゃない』と言った市川。

そう言う市川を、優しい微笑《ほほえ》みを浮かべながら見つめていた山田さん。

あの瞬間、世界で二人だけが通じ合ってるような、特別な関係性が垣間《かいま》見《み》えたような気がした。

なんとなくわかった。

市川はきっと、ものすごくいろいろなことを考えていて——そして山田さんは、真剣に考えて悩んでいる市川のことを、ちゃんと見ていたんだ。

素敵な二人だな、と素直に思った。

だから俺は言ったんだ。

山田さんに変な劣等感を抱いて、「身分不相応だ」とか自分を卑下していた市川に向かって。

——なんていうか、自分を持ってる感じがして格好《かっこ》いいよ。

——そう考えると山田《やまだ》さんとはお似合いかも！

お世辞で言ったわけじゃない。

考えなしに言ったわけじゃない。

本当に心から思ったんだ。

羨ましいぐらいに、お似合いの二人だって。


映画が終わり、映画館の外に出る。

二時間ぶりに明るい場所で見る原《はら》さんは、少しだけ綺麗《きれい》になっていた。

「映画、面白かったね。ラストシーンとか、女優さんがすっごく綺麗で」

「うん……まあ、俺は原さんの方が綺麗だと思ったけど」

「そ、そういうのいらないから」

照れつつも、ちょっと真面目に言われてしまう。

真面目に言われたなら、少し控えるようにしよう。

ちなみにポップコーンはというと……原さんは自分の分だけ完食し、俺の方には手をつけなかった。空っぽになった空き箱に、条件反射のように手を入れてはスカッと空ぶる原さんは、なんだか見ていられなかった。

「どうしよっか。まだ帰るには少し早いよね」

スマホを見ながら原さんが言う。時刻は夕方の四時半。

「そうだな……」

「前に行ったネカフェとか、行ってみる？」

「あっ、いいかもね。二人で話せるし」

そして俺達は、近くにあるインターネットカフェへと向かった。

ダブルデートの日——

市川《いちかわ》達とはぐれた後に行った場所だ。まあ、はぐれたと言っても、原さんと山田さんによる計画的な犯行のようだったけれど。

受付で会員アプリを提示し、席の案内をもらう。

申し込んだのは——あの日と同じ、ペアシートだ。

黒いシートが敷かれた薄暗い部屋に、座椅子が二つ並んで置いてあるだけ。

完全な密室ではないけど、なんとなく密室感が強い空間——

「…………」

「……あはは。ちょっと照れちゃうね」

「そう、だね」

靴を脱いでペアシートに上がった俺達は、なんとなく気まずい空気に包まれる。

ああ……すごい。

やっぱり、なんかすごいぞ、ペアシート……！

とてつもなくアダルトな空気がある感じがする！

狭い密閉空間にいるから、否応《いやおう》なしに二人の距離が近くなる。シートの部屋だから、その気になれば横になれる――二人で横になれる。

本当に中学生が来ていい場所なんだろうか……？

そして――なにより！

靴を脱いでいる！　ここがすごい！

原《はら》さんが……靴を脱いだ。今日一日履いていた靴を脱いで、蒸れた足を外気に晒《さら》している。本人は匂いを気にしてか、シートの上では足先を俺からは遠ざけるようにしてる……！　くぅ〰〰っ！　その恥じらい……くぅ〰〰っ！　別に足の匂いなんて気にしなくていいのに。原さんから嫌な匂いなんてするはずがないんだから。なんなら別に臭くても……むしろ、臭ければ臭い方が——

「神崎《かんざき》くん？　どうかしたの？」

「……え。あ。なんでもないよ」

危ない危ない。危うくかいでもいない匂いで失神するところだった。

「えっと、どうしようか原さん。なにか漫画、借りてくる？」

「……それなんだけど」

原さんは言いにくそうに言う。

「先にご飯食べてもいいかな？　ちょっと早いけど、夕飯ってことで」

「え。全然、いいけど。ここ、部屋だと食べられないから、注文してから外の飲食スペースで食べる仕組みで——え」

俺が話している途中で、原さんはもう動き出していた。

部屋にあったパソコンを操作し、メニューを開く。

「わああっ……！　すごい……！　山盛り唐揚げ丼……！　有名店とコラボしたやつなんだよね。次ここ来たら絶対食べたいって思ってたんだ！　ああ、でもカツカレーも気になるかも……！　あとここ、ソフトクリームも食べ放題なんだよね……！」

キラキラと目を輝かせる。そして彼女の腹部からは『ゴゴグルゴゴググ』と、地の底をなにかが這《は》うような、大変キュートな音が響き渡った。

獰猛《どうもう》な狩人《かりゅうど》の目つきとなりながら、彼女はメニューの注文を済ませる。頼んだのは山盛り唐揚げ丼（ご飯少なめ、唐揚げ二倍）だった。

「…………」

「あっ。ち、違うんだよっ」

俺が唖然《あぜん》と見つめていると、原《はら》さんはぶんぶんと手を振った。

「ダイエット、やめたってわけじゃなくてね……。最近は無理のない範囲でやろうかと思ってて……」

言い訳するみたいに続ける。

「間食は控えめにして、三食はしっかり食べる感じで。あと、夕飯は少し早めに食べて、その後夜は食べないようにしてるんだ」

間食を少なく、夕飯を早めに……。そうか。だから映画館では、小さなサイズのポップコーンとウーロン茶だったのか。

「あと、食事制限だけじゃなくて、運動も大事だからね！　ただでさえ受験勉強で運動不足気味だから……。部屋でもスクワットとかしてて」
ス、スススッ、スクワットだと!?

スクワット。

原さんのスクワット。

そんなの……十八禁じゃないか。

原さんが足をガニ股に開いて、膝を曲げて腰を上下運動させるなんて……いかがわしいにもほどがある……！　はあ、はあ……見たい。原さんのスクワット、見たいなあ。できるなら下のアングルから見たい。俺の顔面を跨《また》いでスクワットしてほしい。そして垂れてくる汗を顔面で浴びたい……！

「……私もね、いろいろ考えてて」

一人で理性を失いそうになっている俺に、原さんは困ったように笑う。

「神崎《かんざき》くんは今のままでいいって言ってくれるけど……やっぱり、私は私で、もうちょっと綺麗《きれい》になりたい気持ちもあるから……。自己満足なんだけど、やっぱり女子としての意地といいますか」

「……………」

「でも……それで周りに気を遣わせるのも違うかなって。だから神崎くんと一緒に食べるときは我慢せず食べられるよう、他で調整していく方向性を目指してて……」

「……………」

ああ——

そっか。そうだったんだ。

なんでこんな当たり前のことに気づかなかったんだろう。

考えてたのは、悩んでたのは、俺だけじゃない。

原《はら》さんだって——考えているに決まってる。

市川《いちかわ》みたいに悩んでるし、向き合ってるんだ。

自分の中の『変わりたい』っていう気持ちと。

だったら俺は——そんな原さんを見ていてあげればいいのかな。

なんにもできないけれど、そばで見ていてあげることぐらいならできるから。

焦らず急《せ》かさず、相手を見つめていればいい。

山田《やまだ》さんが、そうしていたみたいに——

「……そ、それにね、最近はポジティブなモチベーションもあるといいますか」

原さんが顔を赤くして、本当に恥ずかしそうに言う。

「実は……水着を買ったの、新しいの」

「み、水着!?」

「夏だからねっ。受験勉強も大事だけど、一回ぐらいはプールとか行ってみたいって思っててて」

「…………」

動悸《どうき》が跳ね上がる。興奮で鼻血が出そうだった。

水着。原さんの水着。

そんなの、十八禁じゃないか！

原さんが水着なんか着たら、大変なことになっちゃうだろ……！　普段は隠れている肉が……むっちりもっちりとした肉の大部分が解放されてしまう。肉のパラダイスが始まってしまう。

プール中の視線を集めてしまうぞ！

「えと……だからダイエットにも比較的前向きに頑張れてるんだ。さすがにね、水着になるなら、もうちょっと……もうちょっと絞りたいから」

「そうだったんだ……。いいっ、いいと思うよ！　原さんの水着、絶対にかわいいと思う！」

「あはは……だといいな」

「それで——誰とプール行くの？」

「……え？」

「山田さんとか？　あっ。でも山田さん達は、いつものメンバーで合宿みたいなことするんだっけか？　じゃあ二組の友達？　それとも家族？　いいなあ。楽しそうだなあ」

「………」

俺が心から羨ましがっていると、なぜか原《はら》さんから表情が消えた。

無、である。

完全なる真顔。

いつものほんわかとした雰囲気がなくなり、目から輝きが消えている。

「……鈍感」

「へ？」

「……なんで？　いつもあんなにグイグイ来るのに、なんでこういうときに限って」

「え？　え？」

「……もういい。もう知らない。なんでもない」

プイッと顔を背けてしまう。

な、なぜだ!?　なにが悪かったんだ!?　卑猥《ひわい》な妄想はできる限り必死に隠して声には出さないようにしたし、素直に褒めただけだったのに！

「だいたい……神崎《かんざき》くんが細いのが悪いんだよ！」

「ええっ」

「すごく鍛えてて細い体してて……一緒に歩いてたら、相対的に私の方が体格よく見えちゃう……」

「えと……つまり——俺が太れば原さんも太ってくれるってこと!?」

「なんでそうなるの!?」

違うらしかった。

なんだ、違うのか。

原さんが太ってくれるなら、俺はいくらでも太ってあげるのに。

「いやー……でも、俺、そんな細くもないよ」

「細いよ。すごい鍛えてるもん」

「三年になってから、監督から練習後はとにかくご飯食べるように言われてて……。頑張って食べてたら、意外とお腹《なか》とかにも肉がついちゃって」

「えー、ほんとに?」

そう言いながら——原さんはこちらに手を伸ばしてきた。

Tシャツの上から俺の腹部に触れる。

ナチュラルなボディタッチに、思わずビクッと反応してしまう。

あ、ああ……ヤバい。

原《はら》さんが、俺に触れている。俺のお腹《なか》を撫《な》でている。極めて真剣な目つきで、感触を確かめるように触れ、揉《も》み、握ってくる。

「……全然だよ。全然、お肉がない。おかしい……お肉が、握れないなんて……」

あるはずのものがない！　と言わんばかりの形相と、焦りと絶望の声。

現実を受け入れたくないのか、少しでもいいから贅肉《ぜいにく》を探そうとして腹部を揉みしだいてくる。くぉぉおぉ〜〜！　なんだ、なんだこのプレイは……！

「ああ、すっごく……硬いっ」

硬い！

硬いって言った！

原さんが俺に触って、硬いって言ったぞ！

なんだ、このご褒美は!?

「お、おほぉう……」

「あっ。ごめんっ。すごい触っちゃった……」

原さんは我に返ったのか、慌てて手を引いた。夢の時間が終わってしまった。残念なような、これ以上はまずかったような。

「はあ、はあ……い、いいよ、全然……。気にしないで」

「でも……勝手に触るのはよくないよね……。私だったら絶対に嫌だもん——他人にお腹を触られたら」

三割の恥じらいと……七割ぐらいのマジのテンションで言う。

照れ隠しではないガチめの警告だ。

さっきまでの興奮が薄れ、背筋が寒くなった。

もし俺が勝手に彼女の腹を触ったなら……一瞬で好感度がゼロになりそうだ。どれだけ謝罪しようと、絶対に許してはくれないだろう。彼女にとって腹部とは大変デリケートなものなのだ。

原さんの腹は不可侵中の不可侵。

それで構わない。

むしろ、その方がいいまである。

そういうデリケートな部分だからこそ……強く興奮するんだからな！

「えっと、そしたらさ、ルールとか決めてみようか？」

ふと思いついて俺は提案した。

「ルール？」

「どこなら触っていい、とか。ほら、確か……二年の頃、山田《やまだ》さん達が黒板に書いてなかったっけ？『触っちゃダメな場所の図』の、人間バージョンとか作ってたような……」

「あー、やってたような……」

二人ともうろ覚えのようだった。

どんなだったかな？

市川《いちかわ》がすぐに消しちゃって、あんまり覚えてないんだけど。

そもそも誰の触っちゃいけない場所かもよく見えていなかった。

「えー、触っちゃダメな場所か……」

原《はら》さんはスマホを手に取り、お絵かきアプリを使って簡単な人間の図を描いていった。

俺の方も考えてみようか。

うーむ。

……ないな。

どうしよう。原さんに触られたら嫌な場所が一つたりともないぞ。触ってほしい場所ならいくらでもあるのに。というかむしろ、全身触ってほしい。俺のありとあらゆる部分を撫《な》で回してほしい……！

「ここは当然ダメだし、ここも嫌かも……太ももとかも無理だし……」

原さんは悩み顔で、触ってはいけない部分を塗り潰していく。

「……こんな感じかな？　あはは、あんまり意味ない図かも」

見せてくれた図では――人間の腕以外全てが塗り潰されていた。

胸や股間は当然として、顔と耳、下半身全体……もちろん、腹部までもきっちり塗り潰されていた。

まあ、当然だろう。

仲のいい友達とはいえ、異性の触れていい範囲なんてこんなものだ。むしろ手なら触っていいと言ってくれていることに深く感謝しよう。

ん？　待てよ。

ちょっと待ってくれ――

「……原さん、これ……手はいいってこと？」

「え？　うん……手は別に」

うん、まあまあ、これはいいだろう。

触れる機会は今まで何度かあった。

手を繋《つな》いだことだってある。

「肩も？」

「肩も……うん、別に」

うんうん、まあまあ、これもそう。肩だってそこまでセクシャルなポイントではないだろう。トントンと叩《たた》くぐらい、友達なら許されるはず。

手と肩はオッケー。

つまり、それが意味することは――

「じゃ、じゃあ原《はら》さん――手と肩の間とかも、特に問題ないの？」

手と肩の間にあるものといえば、当然ながら腕である。

腕。

すなわちそこには――二の腕も含まれる！

女性の二の腕。

ふくよかな女性が肉を溜《た》めやすいポイントの一つである。

そこは……極めて通好みの肉として有名。

界隈《かいわい》では、俗に『ふりそで』と呼ばれる希少部位！

都市伝説の中では『おっぱいと同じ柔らかさ』なんて噂《うわさ》される場所――

「手と肩の間？　え？　別に……いいんじゃないかな？」

原さんは言った。きょとんとしながら。

いいの!?

え⁉　触っていいの⁉

原さんの『ふりそで』を⁉

おっぱいと同じ柔らかさの部分を⁉

「あー……でも、ここだけはダメかも……。少し、ぷよぷよしてるし……」

そう言いながら、自分の二の腕を揉《も》む。

たぷたぷ、と感触を確かめるように。

俺にとってその光景は──もはや原さんが目の前で自分の乳房を揉みしだいているようなものだった。なんだこれは？　誘っているのか。俺は誘われているのか……⁉

「そ、そっか……そこはダメか」

「うん。まあ、ちょっとぐらいならいいけど……」

ちょっとぐらいならいいの⁉

なんということだ。原さんは自分の魅力に気づいていない。自分の『ふりそで』がどれだけエロティカルな部位かを理解していない。

抵抗がないわけではないけれど、ちょっとぐらいならいいと思ってる。

そんなの……一番、興奮するやつじゃないか！

恥じらいはあるけど触ってもいいなんて！

「え。待って」

二の腕をつまんでいた原《はら》さんが、突如ハッと目を輝かせる。

「……嘘《うそ》……ま、前より細くなったかも。細くなったかも……！　たぷたぷ感が前より少ない……！　腕立て伏せの効果があったんだ……！」

表情が歓喜に包まれる。

う、腕立て伏せだって⁉

そんなの（略）、下のアングルから（略）、滴る汗を（略）。

「ほらっ、神崎《かんざき》くんも触ってみて！」

歓喜のあまり我を忘れたのか、原さんは大変嬉《うれ》しそうに、なんの深い意味もなさそうに、俺の前に二の腕を差し出してきた。

二の腕を、ふりそでを、つまりは――おっぱいを。

「――っ⁉」
バ、バカな！
おっぱいを触れだと⁉

自分から差し出してくるなんて……この女、ドスケベすぎる！

ごくり、と唾を飲み込む。

心臓が痛いぐらいに騒ぎ出す。

眼前に差し出されたのは、ムチムチの二の腕。本人的には痩せたつもりらしいけど、まだたっぷりと肉を蓄えているようで——つまりは極上だった。

触っていい。俺はこれに触っていい……のか？　だってここで触らない方が不自然だし、逆に変な意味を感じ取られてしまうかもしれないし——

触ろう。

触らなきゃ。

せっかくの機会なんだから。

相手から誘ってきているのだから、触らない方が失礼だ。

だって、すごいぞ、これ……。こんなの奇跡だよ。

夢にまで見た二の腕だ。

こんなの——ほとんどおっぱいだろ。

ああ……『腹肉は第二のおっぱい』だなんて言っていた夏休み前の自分が恥ずかしい。

あったじゃないか。腹よりも胸に近い部分に、胸と同じく左右に一つずつある肉の宮殿が。

いや、肉の宮殿とは、やはり全身の話なのか？

すごい。全身がすごい。すごくないところなんてない。

やっぱり原《はら》さんは『全身おっぱい』だったんだ。

……あれ？　ちょっと待てよ。

仲間内から『全身チン○』と呼ばれてる俺が、つまるところ『全身おっぱい』の原さんに触るって。

なんかもう、それって、それだけで――

「…………っ」

「え？　か、神崎《かんざき》くん!?　ど、どうしたの！　きゃっ……は、鼻血が……！」

脳が焼き切れるような興奮の直後、俺は意識を失った。

介抱してくれた原さんに後から話を聞いたところ、俺は突如大量の鼻血を流して失神してしまったらしい。

その顔はどうしてか、大変幸せそうだったという。

夏休みのある日の夜――

僕が部屋で勉強していると、『全身チン○』こと神崎健太《けんた》からメッセージがあった。手を止めてアプリを開く。

『夏休み前に提唱した学説が、今日覆った』

『市川《いちかわ》にだけは伝えておこうと思う』

「…………」

嫌な予感を覚えながら画面をスクロールすると、そこにはこうあった。

『第二のおっぱいは、二の腕だったんだ』

「……知るか！」

スマホをベッドにぶん投げた。

精神が一気に疲弊した気がする。

MPが一瞬でゼロになるような脱力感。

神崎健太《かんざきけんた》。

やはりあいつは、決定的になにかが欠けている気がする。原《はら》さんとどんな夏休みを過ごしているかなんて、想像しない方が平和かもしれない。

あいつが主人公のラブコメは、人類にはまだ早すぎる。

第四章 山田ママは告白させたい

山田《やまだ》夫妻に対する印象を述べよと言われたならば、僕は『美女と野獣』と答えてしまうだろう。失礼な表現かもしれないけれど、あの二人を見ているとどうしたってそんなワードが脳を過《よ》ぎってしまう。

つまりそれは『美女と野獣』のような男女のカップルという意味であり——同時に、かの名作のように世界中の人々から愛される、本当に尊い二人であるというニュアンスも込められている。

美女こと、山田ママ。

第一印象は……ザ・教育ママという感じだ。

初めて見かけたのは、三者面談の日。

山田の隣に座る彼女は、パリッとした空気を身に纏《まと》う美しい女性だった。目つきは凜々《りり》しく、背筋はまっすぐで、佇《たたず》まいの全てにモデルのような風格が漂う。

違うやつは親からして違う、と思ったものだ。

しかし何度か会話していくうちに、高潔な印象は徐々に薄れていく。僕ら同級生相手には物腰柔らかに接してくれるし、お酒を飲んだときは明るくくだけた口調にもなる。

そしてなにより——山田ママは、とても娘想《おも》いの母親だった。

厳しそうに見えるが、厳しいだけじゃない。

厳しく、美しく、そして優しい。

とても素敵なママである。

野獣こと、山田パパ。

第一印象は…………巨人である。

タワマンのエレベーターですれ違ったときは、思わず息が止まった。

ボサボサの髪。垂れた前髪の隙間からこちらを見下ろす、暗く冷たい目。そして規格外の巨体。対峙《たいじ》した瞬間、体が本能的な恐怖を覚えた。

後に山田の父だと知ったときも、身長以外は全然似てないと思った。明るく奔放な彼女とは違い、物静かで暗くて気難しい人だろうと恐れていた。

でも実際の山田パパは——そんな怖い人でも、暗い人でもなかった。

僕と同じくゲームが好きで、ゲーム関係のことだと意外と会話が弾んだりもした。年頃の娘の周りをチョロチョロしてる男なんて絶対に面白くないだろうに……それでも僕に対しては、いつも誠実に接してくれた気がする。

職業はフランスレストランのシェフだそうで、当然、料理は激うま。

とても素敵なパパである。

山田《やまだ》ママと山田パパ。

あの両親を見ていると、山田がどれだけ愛に溢《あふ》れた家庭で育ってきたかがよくわかる。

そして山田自身が、どれだけ両親を愛しているのかも。

彼女が大切に想《おも》っている人達を、彼氏である僕も大切にしたい。

あの二人からも認めてもらえる、立派な彼氏でありたい。

道程は長いだろうけど……きっと大丈夫だ。

きっと上手《うま》くいく。

二人ともすごく優しいし、人格者だし。

通常、交際する上で一番ハードルになりそうな向こうのパパからも、ちゃんと僕達の交際を『いいよ』と認めてもらったし――

「――覚悟はいいか、市川《いちかわ》くん」

体の芯から震え上がるような、低い低い男の声だった。

場所は山田家のマンション。

リビングの空いたスペースで、僕は山田パパと対峙《たいじ》していた。

相手は腰を落とし、両の拳を床に突いている。

拳に体重を乗せた前傾姿勢。

暗く鋭い眼光はまっすぐ僕を睨《にら》みつけ、その奥には殺気に近い感情が見えた。

獰猛《どうもう》な大型肉食獣を思わせる圧倒的迫力を前に、命の危機を感じた。

ガタガタと奥歯が震える。

今すぐにでも逃げ出したかったが――しかし逃げるわけにはいかない。

恐怖を必死に押し殺し、同じように腰を落とす。

「はい、見合って見合って」

横にいた山田ママは上機嫌な声で言う。頬《ほお》はほのかに赤らんでいて、アルコールによってテンションが上がっているのがわかった。

その隣にいる山田は、不安そうな顔で僕らの勝負を見守っていた。

「はっきよ～い……のこった！」

山田ママが手を振り下ろし、開戦の合図を告げた。

ちなみに――審判のかけ声で始まるのはアマチュア相撲であり、大相撲では行司が合図を出すことはない。タイミングは力士同士が呼吸を合わせて行うという。

相撲、そう相撲だ。

僕と山田パパは今――相撲で戦うこととなった。

はっきり言って……無謀にもほどがあるだろう。

相撲が体重制限のない無差別級の格闘技とは言え……いくらなんでも体格差がありすぎる。自殺行為と言っていいかもしれない。

「う、うわあああああ！」

勇気を振り絞ったのか、あるいは恐怖が限界を超えての自暴自棄か。

自分でもわけのわからない極限のメンタルのまま、僕は全速力で山田《やまだ》パパの巨体に突っ込んでいった。

ああ。

どうして。

どうしてこんなことになってしまったんだろう。

夏休みのとある日——

僕は山田と一緒に、いつもの帰宅路を歩いていた。

こちらの塾帰りと、向こうの仕事帰りでタイミングが重なり、駅からは一緒に帰ろうとなった。まあ、多少時間がズレていても待ち合わせして一緒に帰るんだけど。

「京太郎《きょうたろう》はさ……バニーガールって好きなの？」

「……ぼふっ」

噴き出しそうになる。

いくら人気《ひとけ》のない帰り道だからって、なんの話題だ？

「ど、どうした急に？」

「ふと思い出してさ。前に京太郎と、こんな風に駅から一緒に帰ったときのこと。あの日、誕生日だったよね」

「……ああ」

今年の三月二十六日――つまり、僕の十四歳の誕生日の日も、たまたま山田と帰りが一緒になったんだった。あのときはすっかり夜道だったけど、今の季節だとまだ日は暮れていない。

「お姉ちゃんからプレゼントもらってたよね。京太郎が好きなゲームの……バニーのフィギュア」

「………」

あったなあ、そんなことも！

よりにもよって山田がいるタイミングであんなプレゼントを渡してきやがって……！

いやまあ……躊躇《ちゆうちよ》する姉に僕が強くねだったんだけどさ。

山田《やまだ》と両親の前で渡された上に……箱からも出したんだよな。山田に見られたのも恥ずかしかったが……実の親にジロジロとバニーガールフィギュアを見られたのも、なかなかに死にたくなる恥辱だった。

「かわいいフィギュアだったね」

山田は言う。

明るい口調だったけど、でも目はちょっとだけ真剣だった。

なにげない会話を装いながら、こちらの声音や顔色を注意深く観察されてるような気配を感じる。

「そう……だな」

「好きなの、バニーガール？」

「……い、言っておくが、あのバニーが登場するゲーム――『プルートアカデミア』は決していかがわしいゲームではなくてだな。重厚な世界観と斬新なストーリー、そしてやり込み度の高い戦闘システムがウリなんだ。無課金でも十分楽しめるゲームバランスになってるから、僕のような学生にも優しい。ま……まあまあ、美少女キャラも大変多くて、そっち方面での人気が高いことも否定はできないが、僕は『プルアカ』を一つのゲームとして高く評価しているんだ。あのフィギュア――アスカのことも、美少女だからどうこうっていうよりは、あくまで一人のキャラクターとして好きなだけで――」

「好きなの、バニーガール？」

逃がしてもらえなかった。

「……き、嫌いな男は少数派と言えるだろう」

羞恥に耐えながら答える。なんだろ、これは？

新手の拷問なのかな。

「ふーん。そうなんだ」

唇を尖《とが》らせ、ちょっとだけ拗《す》ねたように言う山田。

「あのフィギュア、今も飾ってるの？」

「……せっかくのプレゼントだから、捨てるのも忍びないし」

「ふーん。ああいうのが部屋にあったら、勉強に集中できなそうだね」

「べ、別に僕は変な目で見てるわけじゃなくて、フィギュアとしての造形美を知的好奇心の観点から楽しんでいるというか」

「ふーん。楽しんでるんだ」

若干のネチネチさを出してくる。

なんだろう……も、もしかして、嫉妬なのか？

まさかあの、バニーガールフィギュアに嫉妬しているのか？

あるいはシンプルに……部屋にバニーのフィギュアを飾っている彼氏をキモいと思っているのか。

どうすれば。彼氏としてなんと言えば――

「……ほ、本音を言えば、あのキャラじゃなくて山田《やまだ》のフィギュアを置いておきたいんだけどな」

「え？」

「あ」

間違った気がする！

フォローの方向を致命的に間違った気がする！

山田はカアァッ、と顔を赤くし始めてしまう。うわあ、キモいことを言ってしまった。

彼女のフィギュアを欲しがるって……高度な変態すぎるだろ。

「京太郎《きょうたろう》……私のフィギュア、欲しいんだ」

「……いや、あの」

「私の、バニーのフィギュア」

「バニーとまでは言っていない！」

「……なんに使うつもりなの？」

ジーッと見つめてくる。使うって。そういう言い方すると嫌なニュアンスが出てくるだろ。いろいろな邪推を生んでしまうだろうが。

「……さ、寂しさを紛らわすためかな」

悩みに悩んだ挙げ句、僕がぼそりと告げると、

「……ふーん。ならいいかなっ」

山田《やまだ》は満足そうに微笑《ほほえ》んだ。

よかった。

今度はフォローの方向を間違えなかったらしい。

「私のフィギュア、事務所に言ったら作ってくれるかな？」

「やめろ。事務所を困らせるな」

一応突っ込んでおくが……ふむ。

でも山田のフィギュアか。

もしも僕がプロデュースするなら、どんなのを作ろうかな。たとえば……図書室の机や椅子を再現して、頬杖《ほおづえ》をついた山田がこちらを向いているような等身大フィギュアはどう

だろうか？　いや……さすがにシチュエーションがピンポイントすぎてキモいな。こんなの、変態にしか思いつかないアイディアだろ。実現したとしたら、関係者にとんでもない変態がいたとしか考えられない。

そんな会話をしているうちに——山田家のあるタワーマンションに辿《たど》り着いた。彼氏らしく、彼女を自宅まで送ってきた形だ。

「じゃあ、僕はこれで」

「あ。待って」

別れを告げようとしたところ、呼び止められた。

「せっかくここまで来たんだし……うち、ちょっと上がってく？　実は今日、ママとパパが——」

「え、え」

「二人とも早く帰ってきてるんだって！」

「……ああ、そう」

恥ずかしい。

一瞬ドキドキしてしまった自分が本当に恥ずかしい。

完全に『今日、親帰ってこないんだ……』パターンかと思ってしまった。

「ママとパパも、久しぶりに京太郎《きょうたろう》に会いたいと思うし」

「いやでも、わざわざ上がるのは――」

言いかけて、ふと考える。

待てよ。もしかするとこれは、いいタイミングなのか？

間近に控えた夏の勉強合宿。

僕はそこで、山田《やまだ》と寝食を共にする。

見方を変えれば――初めてのお泊まりデートとも言えるわけだ。

もちろん他にも多数の参加者がいるから、全くデートではないんだが。

山田は親には許してもらえたと言っていたが……僕から向こうの両親に対し、事前の挨拶的なことはしていない。

そのことがちょっとばかり胸に引っかかっていた。

とは言え……わざわざ格式張って挨拶するのも、それはそれで逆に変な意味が出る気もする。改まって許可をもらいに行くことで、本当になにか一線を越える予定だとアピールしているようになってしまうというか……。

挨拶すべきか、しないべきか。

不義理にならないのはどちらの選択なのか。

どうしたものかと頭の隅で悩んだままだったが――もしかすると、今が絶好のタイミングなのかもしれない。

山田を送ったついでに、サラッと合宿についての挨拶もしておく。

そのぐらいの筋の通し方が、ちょうどいいバランスなのかもしれない。

「……わかった。ちょっとだけお邪魔させてもらう」

「やったっ」

僕の悩みなど露知らず、山田は嬉《うれ》しそうに笑った。

「あら市川《いちかわ》くん、久しぶりね」

山田ママは上機嫌に僕を迎え入れてくれた。

「今、ちょうど夕飯ができたところだったのよね。よかったら市川くんも食べてく？」

「え。いや、そこまでは」

「いいからいいから。遠慮しないの。今日はパパが作ってくれたから、食べなきゃ損よ」

玄関先の挨拶で済ますつもりが、グイグイと中に誘われてしまった。

よく見ると山田ママの顔は、少し赤らんでいた。

すでに飲み始めていたらしい。

酔うとちょっとキャラ変わるんだよな、山田《やまだ》ママ。

「パパ。市川《いちかわ》くんが来てくれたわよ。ご飯、一人分ぐらい大丈夫よね？」

「……問題ない」

上機嫌な山田ママに対し、山田パパはいつものテンションだった。

食卓にはすでに料理が並んでいる。メインはグラタンっぽい品に見えるが、きっと様々な手順で作られた一流の一品なのだろう。

リビングの隅にはわん太郎《たろう》が座っている。僕に気づいて一瞬視線を送るが、すぐにどうでもよさそうに違う方を向いた。慣れているのか、舐《な》められているのか、判断に困るところだ。

山田の両親。

ついでに、わん太郎。

山田家の家族が勢揃《せいぞろ》いである。

僕はキッチンにいた山田パパに軽く挨拶した後、以前、交際の挨拶をしに来た日と同じような並びで席についた。

「ん〜っ。今日も美味《おい》しぃ〜っ」

隣の山田がグラタンを食べて、いいリアクションを見せてくれる。

僕も一口。

……うん、美味《うま》い。相変わらずメチャメチャ美味くて、そしてどこかホッとする味だ。

無料で食べさせてもらうのが申し訳ない気分になる。

「市川くん」

山田パパが口を開く。

低い声に、反射的に背筋が伸びてしまう。

「オニオングラタンスープ、あれから作ってるのかい？」

「……っ」

まずい。そのことを追及されるとまずい。

交際の挨拶に来た日に、僕は言った。

——このスープのレシピを教えてください。

自分から申し出て、山田パパからレシピをいただいたのだ。

でも……正直、あんまり作っていない。

一度やってみようとは思ったんだけど、具材の下処理やなんやらが予想以上に手が込んでいて、オーブンもうちにあるものでは難しそうで……その後も姉のライブとか受験勉強とかで忙しくて——いや。

こんなのは全部言い訳だ。

僕からお願いして教えてもらったのに。

山田《やまだ》パパは『楽しみにしてる』と言ってくれたのに。

スープだけの話ではなかったと思うが、でもスープの話でもあったはずだ。

彼女の父親との約束を、僕は蔑《ないがし》ろにしてしまっていた——

「そ、その件に関しましては、なんとお詫《わ》び申し上げたらいいか……」

罪悪感に押し潰されそうになりながら口を開くと、

「もうっ。パパってば。市川《いちかわ》くんをイジメないのっ」

山田ママが頰《ほお》を膨らませ、不満げに言った。

隣にいる山田パパの頰をつつきながら。

「市川くんは今年、受験生なのよ？　人生がかかった大事な時期なんだから、料理ばかりしてるわけにもいかないでしょ。それなのに……そんな意地悪言わなくてもいいんじゃないの」

「意地悪を言ったわけじゃ……」

言いにくそうに告げた後、山田パパは改めて僕の方を向く。

「焦らなくていい、と伝えたかった」

「え……」

「すぐにどうこうしてほしくて、レシピを教えたわけじゃない。今のきみにとってなにが重要かを決めるのは、僕ではなくきみであるべきだ。焦って目先の結果を求めるより、時に遠回りをしてみることも大事だと、僕は思う。きみが苦悩して歩んだ道程が、そのまま味の深みに――」

「話が長いぃ」

山田ママが率直に言うと、山田パパは黙った。

「つまり、どういうこと？」

「……今は受験を頑張って」

「あ、ありがとうございます」

シンプルに言い直した山田パパの言葉に、僕は頭を下げた。

本当にありがたい。

まだまだ未熟な彼氏でしかない僕だけれど、山田のご両親はとても温かく接してくれる。

ありがたすぎて涙が出そうだ。

オニオングラタンスープ……山田パパからは『焦らなくていい』と言ってもらえたけれ

ど、無理をしない範囲で作ってみたい。別に義務とかノルマとかじゃなくて、僕自身、本当に心から作りたいと思っているから。

その後、雑談混じりの食事が進むと——

「杏奈《あんな》ちゃんも市川《いちかわ》くんを見習って、ちゃんと勉強するのよ。いくら今は仕事が大変だからって、受験しないわけじゃないんだから」

「わかってるって。ちゃんとやるよ。勉強合宿だってするし」

山田《やまだ》ママと山田から、合宿の話題が出た。

今だ。今しかない。

「あ、あの」

僕は口を開く。

「勉強合宿の件ですが……きちんと報告してなくて、すみませんでした」

「え？　いいのよ、そんなの。わざわざ言うことでもないでしょ？」

「でも、一応、外泊になりますので」

「律儀なのねえ。全然、そんなの気にしなくていいから。他にもたくさん友達がいて、大人の人も参加するんでしょ？　なにも心配してないわ。ねえ、パパ？」

こく、と山田パパも小さく頷《うなず》いた。

ホッと胸を撫《な》で下ろす。

よかった。胸のつかえが取れた気分だった。

勉強合宿と言っても、海が近かったり、保護者代わりの大人が要注意人物だったりと不安要素は多かったけど……山田夫妻は寛大な心で許してくれたようだ。

この信頼には絶対に応えねば。

必ず有意義な合宿にしてみせよう。

「杏奈ちゃんはみんなの邪魔をしないようにね。自分が遊びたいからって、他の子を巻き込んだらダメよ」

「わかってるってば。私はみんなのサポートに徹するつもり」

「本当かしら？　遊ぶ気マンマンなんじゃないの？　新しい水着も買ったみたいだし」

「い、息抜きも大事だからっ」

山田ママと山田が楽しげに話していると――

カチャン、と。

スプーンが床に落ちる音がした。

顔を上げると――僕の正面にいた山田パパが、完全に固まっていた。

「水、着……？」

顔に真っ黒い影を落として言う。

「聞いてない……」

「……あっ」

山田《やまだ》ママはハッと口元に手を当てた。

「杏奈《あんな》達は、山奥の公民館みたいなところに行くはずじゃ……」

「え、えーっと」

「……あ、あはは……それは」

動揺を露《あら》わにした山田パパの言葉に、母と娘もまた大いに動揺する。

ま、まさか。

海が近い別荘に泊まること、山田パパには内緒にしてたのか!?

「杏奈……水着、買ったんだ」

「か、買ったけど……」

深海から響くような暗い父の声に、山田は狼狽《うろた》えつつ応じる。

山田パパは続けて、首を横に向けた。

「ママは見たの？」

「一応……」

「僕……見てない」

「パパにわざわざ見せるものじゃないでしょう」

「そ、そうだよっ」

「でも」

言いつつ、山田パパは一瞬だけ僕に視線をやった。

一瞬だったが、凄《すさ》まじい圧力を伴う眼光だった。

「市川《いちかわ》くんには見せる……よね？」

「そ、れ、は……」

山田は顔を赤くして言葉に詰まる。

おい、ここで詰まるな。

ここで顔を赤らめないでくれ。

そしたらもう……僕だって照れて赤くなることしかできないぞ……！

「……市川くん」

山田パパは体ごと僕の方を向く。反射的に目を逸《そ》らそうとしても、カクンッ、と首が動いてこっちの顔を覗《のぞ》き込もうとしてくる。

ロックオンされた気分だった。

「やっぱりダメ」

「なっ」

「合宿、やっぱりダメ」

ジーッと見つめながら、山田《やまだ》パパは言う。

「勉強は家とか塾でしなさい。そっちの方が集中できるから」

「──っ」

正論！

ここにきてド正論！

それを言われてしまったら……なんにも言い返せない。

「……あっ、で、でも……」

僕は必死に言い返す。

ここで正論に屈するわけにはいかない。

「ちゃんと……勉強がメインの合宿にするつもりです。遊びがないとは言えませんが……あくまで、レクリエーション的なアレであって……。誰かしら、家庭教師的な大人を呼ぶことも検討していて……」

「そ、そうだよ、パパ！　私もちゃんとサポートするつもりだし。それに……みんなすごく楽しみにしてるから、今更私達だけ断れないし……」

必死に食い下がってみるも、山田パパはなんの反応も見せなかった。

ジーッと僕を見つめるだけである。

重苦しい空気の中、数秒が経過すると、

「よし。わかったわ」

山田ママが、トンッ、とワイングラスを置いて言った。

「こうなったら……アレしかないわね」

その目つきはやや据わっていて、口調も少し呂律《ろれつ》が怪しい。

ワイングラスを見てみると……僕が来た頃には半分以上残っていた中身が、いつの間にか空っぽとなっていた。

「相撲で決着をつけましょう！」

かくして――僕と山田パパの取り組みは始まった。

身長差、二十五センチ以上。

体重差、たぶん三十キロ以上。

はっきり言って……三輪車と大型トラックが戦うようなものだろう。秋田《あきた》書店の某格闘技漫画をこよなく愛する僕は、徒手空拳の戦いにおいて体重差というものがどれほど重要かよく知っている。ボクシングがあんなにも細かく階級分けされている意味を、ちゃんと理解している。

漫画の主人公でもなければ、三十キロの体重差をひっくり返すなんて不可能だろう。

でも、やるしかない。

ここでやらねば男じゃない。

大丈夫。この前、関根《せきね》も言ってくれたじゃないか。『イッチって漫画の主人公みたいだよね』って。今こそ目覚めろ、僕の秘めたる力――

「ふん」

「……ぐふぅ」

瞬殺だった。

話にならなかった。

僕の方は初手に全てをかけて死に物狂いで突っ込んだが、山田《やまだ》パパはそんな僕のぶちかましを、ふわっと優しく受け止めた。

その後は……そっと優しく投げた。

巨人が蟻《あり》を握り潰さないようにつまみ上げるような——あるいはフランス料理で盛り付けの締めにソースをかけるときのような、とにかく繊細な手つきだった。

殺気こそとんでもない山田パパだが、その戦い方は慈愛に満ち満ちていた。

裏を返せば——思い切り手加減されたということである。

「くそぅ……」

「だ、大丈夫……？」

山田が僕を心配して駆け寄ってくる。

今はその優しさが辛《つら》かった。

「どうした、市川《いちかわ》くん」

仁王立ちした山田パパが、僕を見下ろしながら言う。

「きみの覚悟はそんなものか？」

「……ま、まだまだぁ」

僕は膝に手を当て、立ち上がる。ここで終わるわけにはいかない。これは僕が乗り越えなければならない試練だ。

男二人は、今一度向き合——おうとしたのだが、

「ストップストップ。もういいわよ、相撲は」

山田《やまだ》ママが割って入った。

「やっぱり市川《いちかわ》くんに不利すぎて不平等よね。こんな勝負、フェアじゃないわ」

『………………』

一人納得してる言い出しっぺを、僕ら三人は無言で見つめた。

みんなが心の中で突っ込んだことだろう。

言い出したのはあなたじゃん、と。

なんだったんだ、今の相撲勝負は？

以前、小林《こばやし》家に行ったときも、吉田《よしだ》からの提案で小林の弟達と相撲を取らされたけど

……この地域で流行《はや》っているのだろうか？

合宿でなにか揉《も》め事《ごと》でも起きたら、僕も提案してみるかな。

男と男の勝負は続いた。

高校受験レベルの数学問題対決だったり（さすがに僕が勝った）、腕相撲対決だったり（僕が負けた。勝てるわけがない）、変顔対決をしたり（僕が勝ってしまった。不本意である）。

「これで勝敗は二対二。次の勝負で決着がつくわね」

ワイングラス片手に山田ママは言う。

知らないうちに五番勝負になったようだった。

「やっぱり最後は……これしかないわね。二人にとっては一番フェアで、一番納得がいく対決……そうっ、ゲーム対決よ！」

ゲーム対決。

確かに——僕と山田パパが一番対等に戦える勝負なのかもしれない。

年齢差も体格差も、ゲームの前では関係ない。

僕らの対決に相応《ふさわ》しい。

……だったら最初からこれでよかっただろ、とも思うが。

僕と山田パパの二人はソファに並んで座り、コントローラーを握ってテレビ画面と向き合った。

「……ゲームは、『プルアカ』でいいかな？」

「はい。格ゲーの方ですよね」

「うん」

『プルアカ』——『プルートアカデミア』

元々はスマホでプレイするソーシャルゲームだったが、絶大な人気を博したことでスピンオフ的な対戦格闘ゲームも出ている。最近は勉強で忙しくてあんまり触っていなかったが、僕も一時期やり込んでいた。

絶対に負けられない勝負。

使用するキャラは、当時一番使い込んだキャラにすべきだろう。

「あっ。このキャラって——」

後ろにいた山田《やまだ》が口を開いた。

「市川《いちかわ》がバニーのフィギュア持ってたキャラ！」

「……っ」

おい、やめろ！

今言うな！

そうだけど。こいつは確かにアスカだけど！

アスカが好きで格ゲーでも使い込んでいて……それをうっかり姉に見られた結果、誕生日のプレゼントがアレになってしまったという流れだ。

くそぉ……なんで彼女の親の前でまでバニーのフィギュアの話をされなきゃいけないんだよ。

「がんばってね、京太郎《きょうたろう》」

「ああ……」

「絶対勝てるよ！　バニーのパワーがついてるから！」

やめろ！

イジってくるな！

たぶんイジるつもりとかなくマジで言ってるんだろうけど、イジられてる気分にしかならないんだよ！

「……へえ、市川くんはそんなにバニーが好きなの？」

山田ママが興味深そうに言った。

いや待て。待ってくれ。なんだこの恥辱は？

なんで彼女の母親の前でこんな話を……。

「でも負けないわよ。うちのパパだって——バニーは大好きなんだから！」

なんの暴露だ⁉

急になにを言ってるんだ、この酔っ払った四十二歳は⁉

どこで娘と張り合っている⁉

隣の山田パパは……ポッと顔を赤くした。ああ、なんだろう。どうしてか今、無性に

『お義父《とう》さん』と呼びたい気分になった。

とんでもない空気になりつつも、どうにかキャラ選択を終える。

実はシークレットモードでアスカをバニー衣装にさせたりもできるんだけど……さすがにこの空気の中でバニー衣装を選ぶ勇気はなかった。

ちなみに山田《やまだ》パパの選んだキャラは、黒髪褐色のカリカという美少女キャラ。このキャラも人気が高いキャラで……バニーのフィギュアも出てたはず。

バニーが大好きというのは本当なのかもしれない。

もしかしてフィギュアも持ってたりするのかな？

「……懐かしいね」

ステージ選択の最中、山田パパは言う。

「市川《いちかわ》くんが初めてうちに来た日も、こんな風にここでゲームしたね」

「……はい」

確かに、少し懐かしい。

今年の二月、この家にチョコレートを作りに来た日も――山田パパに誘われて、ソファに座ってゲームをした。まあ……僕がここに初めて来たのは、厳密にはその日が最初ではないんだが。

MAMIYA

「う、嬉《うれ》しかったです」

僕は言う。

「ゲーム、誘ってもらえて……。杏奈《あんな》さんのお父さんが、ゲームが好きな人で」

――ゲーム……。

――好き？

そんな風に声をかけられたとき、動揺して頭が真っ白になってしまったけど……でも、嬉しい気持ちもあった。

好きな人の父親。

なにを話したらいいか全くわからなかったけど、共通の話題があったことで、心がすごく楽になった。

「……僕も嬉しかったよ」

噛《か》みしめるような声で、山田《やまだ》パパは言う。

「杏奈が初めてうちに連れてきた男の子が、ゲームが好きな子で。市川《いちかわ》くんと、ゲームでフレンドになれて」

「………」

「さあ、戦おうか」

「……はい」

ステージとＢＧＭが決まり、僕らの戦いが始まる。

ゲームの対戦が始まると同時に、私はソファから離れた。テーブルにあったボトルを手に取り、残っていたワインをグラスに注ぐ。

「ママ」

椅子に腰掛けると、杏奈もこっちに来た。

「いいの、勝負を見てなくて？」

「ママ、ゲームはよくわからないもの」

それに、と続ける。

「どっちが勝っても同じだし」

「え……」

「合宿のこと、パパは本気で反対なんかしてないから、安心しなさい」

私は言った。

杏奈《あんな》は目を丸くする。

「そ、そうなの？」

「当たり前でしょう。本当に反対してたら、そもそもこんな勝負やらないわよ。ゲームで手を抜いて勝ちを譲る……みたいなことは、パパの性格的にしなそうだけど、どっちが勝ってもなんだかんだ許してくれると思うわ」

「……だったら、どうして」

「パパもね、いろいろ複雑なのよ」

クイ、とグラスを呷《あお》る。

思い出すなあ。

市川《いちかわ》くんがうちに来て、パパと――ユキと会った日。

最初はゲームができる子が遊びにきてくれて喜んでたみたいだったけど……なにかのきっかけで杏奈との仲を察したみたいで、その日はお風呂も入らずに寝てしまった。

年頃の娘が、家に特別な男子を連れてきた。

その事実に、ひどく落ち込んでいたみたい。

あんな風に落ち込むユキを見たのなんて、初めてかもしれない。

これまでのこと――そして、これからのこと。いろいろと想像してしまって、男親ならではの苦悩や葛藤があったんだと思う。

だからまあ……私がたっぷり慰めてあげたんだけど。

「杏奈ちゃんのことが大事だし、二人のことを応援したいって頭ではわかってるんだろうけど……どうしても、娘を取られる、みたいに思っちゃうんでしょうね」

「………………」

「でも、本当はパパだってわかってるのよ。いつまでもパパとママだけの杏奈ちゃんじゃいられないこと。それに……市川くんがいい子だってこと」

「………………」

「だから、ちょっと八つ当たりするぐらいは許してあげて」

「……うん」

杏奈は小さく頷《うなず》いた。親の愛情を噛《か》みしめるような顔だったけど……しかしすぐに疑惑の念が表情に滲《にじ》んでいく。

「でも、今日の勝負はママがけしかけてなかったっけ？」

「………………」

「ママ、なんか楽しんでない？　パパと京太郎《きょうたろう》で遊んでない？」

「さ、さあ、なんのことかしら」

ジーッと睨《にら》まれる。こういうときのギョロッとした目つきはパパそっくり。私は曖昧に言葉を濁し、残ったワインをグビグビと飲む。

あー……まずい。

少しハイペースに飲みすぎたかも。

ちらりと視線をテレビの方に向けると、今もまだバトルが白熱してるようだった。二人とも画面に夢中で、後ろを気にする素振りもない。こっちの会話は全く聞こえてなさそう。

ふーむ。

なにがそんなに面白いのかしらねえ、あんなピコピコやって。

「そういえばさ……」

ゲームに集中している市川《いちかわ》くんの後頭部を見つめながら、私は言う。

気になってはいたけどなんとなく聞けなかったことを、お酒の勢いを借りてちょっと聞いてみようかな。

「杏奈《あんな》ちゃんと市川くん、どっちから告白したの？」

「……え。え～……ど、どっちでもいいでしょ……」

「いいじゃない。ママに教えてよ」

照れる杏奈だったけど、ちょっと食い下がると割と早めに、

「……向こうから」

と教えてくれた。照れながらも、少しだけ自慢げに。

ははーん。これはむしろ言いたかったパターンね。

自慢したかったパターンね！

だったらもっと早く聞いとくんだったわ！

「へえ～、やるじゃない、市川くん」

「あはは……。私もママと同じになっちゃったね」

「同じ？」

「ほら、前に言ってたでしょ？　自分から告白したことないって」

「ああ」

「『告白させるのよ（ドヤァ）』、って」

「……やめて。モノマネしないで」

あと（ドヤァ）ってつけないで。

指を立ててドヤ顔で言う杏奈に、切実に突っ込んだ。

映画の撮影のために二人で広島に行ったときのことだ。

ホテルの部屋で、うっかり恥ずかしいことを言ってしまった。

――告白……考えてみたら……自分からしたことないかも。

――強いて言えば――告白させるのよ。

ああ、恥ずかしい。

いい女ぶってる感がめちゃめちゃ鼻につくし、空回ってるし。

まあ、杏奈《あんな》はバカにしてくることもなく、むしろ全力で尊敬してくるような感じで……

でも、それが余計に恥ずかしかったりした。

「ママが告白したことないって言うなら……パパとママも、やっぱりパパの方から告白したの？」

「そ、そうなるわね……」

「聞きたい」

「……え？」

「詳しく聞きたい。ママがどうやってパパに告白させたのか」

キラキラと瞳を輝かせる。

ど、どうしよう……。

まさかのブーメランだわ。二人の馴《な》れそめを聞かせてもらおうとしたら、まさかこっちに質問が返ってくるなんて。

「え、え〜、どうしようかなあ」

広島のホテルで尋ねられたときは、恥ずかしくて会話を無理やり打ち切った。

でも今は、アルコールのせいもあるのだろうか、

「もう……ちょっとだけよ」

なんて言って、語り出してしまった。

パパとの……ユキとの出会いを。

私がどのようにして、相手に告白させたかを。


「もう二十年近く前になるのよねえ。

そのとき、私はまだ出版社で働いてて。

パパもまだまだ新米シェフって感じで、今とは違う店で修行してて。

グルメ記事を書く仕事で、パパの働いてるレストランを取材しに行ったことがあったの。

昔のパパは、今よりは少し細身で——

……あれ？

パパっていつから、今みたいなムキムキになったんだっけ?

ま、まあ、それはおいといて。

取材自体はお店のオーナーシェフだった人にしたんだけど……その帰り道、急に雨が降ってきちゃってね。

私がその辺で雨宿りしてたら……お店にいたパパが、走って追いかけてきてくれたのよ。

……うん。

正直ね、そのときは……怖かったわ。

何事かと思ったわ。

ちょっと生命の危機を感じたわ。

だって……パパよ?

今ほどムキムキじゃないとは言え、すごい暗い目をした体格のいい男が猛ダッシュでこっちに迫ってきたら……呼吸が止まりそうになるわよ。

も、もちろん今はちゃんとパパの人間性を理解してるけど……初対面じゃどうしても……ね。

それで、私が恐怖で完全に固まってたら、パパが傘を差し出しながら、ボソボソっと言ったのよ。

みたい。


『これ、使ってください』って。

私が傘を持ってなかったのが気になって、店にあった傘を持って追いかけてきてくれた

傘を受け取ったら、すぐ猛ダッシュで帰っちゃった。

……ふふっ。

そう。

困ってた私を助けてに来てくれたの。

それなのに怖がっちゃって、ごめんなさいって感じよね。

しばらくして、私は傘を返しに行くついでにレストランを予約したんだけど……料理を待ってる間、厨房《ちゅうぼう》で働くパパがちょっとだけ見えてね。

仕事してるパパを、なんとなく目で追っちゃったのね。大きな体なのにすごく繊細な仕事をしてる男の人が、なんだか新鮮に見えて。

そしたらパパもこっちを見てきて、一瞬、目が合ったのよねえ。

向こうも私のこと気にしてたんだと思う。

ふふっ。そうよね。

だって……わざわざ傘を持って追いかけてきた時点で、察しちゃうわよね。もちろん親

切心だったとは思うけど、ちょっとぐらい下心があってもおかしくはないわよね。少なからず好意的な感情はあったと思うの。

間違いないわ。

料理を食べ終わった後、傘を返すついでに少し話したんだけど——

パパったらね、全然連絡先を聞いてこないのよ。

絶好のチャンスなのに。

こっちがこんなに、お膳立てしてあげてるのに。

絶対私に興味があるはずなのに。

なんにも起きないまま、そのまま別れる空気になっちゃって……。

やっぱり奥手で口下手なのよね、パパって。

だから仕方なく——私の方から連絡先を交換しましょうって言ってあげたの。

しょうがないわよね。

男の人のそういう空気を察しちゃったら、気を遣ってあげなきゃって思っちゃったんだから。

その後もね……パパったら、全然デートに誘ってこないのよっ。

たまにこっちから連絡しても、近況報告で素っ気なく終わっちゃって。

本当は私を誘いたいって思ってるはずなのに。

絶対私が気になってるはずなのに。

あと一歩、勇気が出なかったんでしょうね。

だからね——私からデートに誘ってあげたの。

うんうん、しょうがないわよね。

パパって奥手だから。

何回かデートしたんだけど、告白とかはなくってね。

本当は告白したくてたまらないはずなのに。

私のことが好きで好きでたまらないはずなのに。

だから——私もいろいろサポートしてあげたのよ。

二人きりになれるデートをいろいろこっちから提案してね。レンタカーで遠出したいとか、どこか泊まりに行きたいとか。

そしたら五回目のデートでね、やっとパパから告白してくれたの！」

「——私達の馴《な》れそめは、ざっくりと説明したらこんな感じね。どう？　そんなに面白い話でもなかったでしょ？」

「………」

話を聞き終えた杏奈《あんな》は、きょとんとしていた。

どこかピンときていない様子。

ふっふっふ。大人の女の告白させるテクニックに、恐れおののいているのかもしれないわね。中学生には少し早かったかしら？

「……今の話を聞いた感じだとさ」

やがて杏奈は、どこか不思議そうな顔で告げる。

「ほとんどママが告白したようなものじゃない？」

「……へ？」

私が？

告白した？

されたはずの私が？

「な、なに言ってるのよ。ちゃんと聞いてたの？　告白はパパからしてきたのよ。私からは一言も言ってないし……」

「でも、告白以外の全部をママからやってない？」

「………」

「出会った頃からずっと、ママから熱烈にアプローチしてただけっていうか」

アプローチ!?

この私が、熱烈にアプローチ!?

「連絡先を聞いたのもママで、デートに誘ったのもママで……ママの方からガンガン積極的にいってる気がした」

「……ち、違うわよっ。私はただ、奥手なパパの代わりに先んじて行動してただけで……本当は私のことが好きなのに自分からはなかなか行動できないパパのために、年上のママが仕方なくフォローしてあげたの！」

「そうかな。ママの方が、好きで好きで仕方がなかったようにしか聞こえなかったけど」

落ち着いた口調で杏奈《あんな》は言う。

「たぶん、ママの方が先に好きになってたんじゃない？　ママは年上のプライドとかでそれを認めたくなかっただけで……」

「………」

「パパはママのそういう見栄《みえ》っ張りなところも、全部見抜いてたんだろうね、きっと。見抜いた上で、指摘しないで尊重してあげてたっていうか」

「…………」

娘からの指摘に愕然《がくぜん》とする。

う、嘘《うそ》でしょ……。

杏奈ちゃん、いつの間にこんな鋭いこと言うようになったの？　中学生ってこういうものの？　普段から友達と恋愛談義でもしてるの？

え？　あれ？

ちょっと待って。

なんだか思考が回らない。

アルコールのせいなのか、それとも……長年の思い込みを根底から覆されてアイデンティティが崩壊しそうになってるからなのか。

あれ？　私、告白させてなかったの？

年上の余裕で見事に告白させたんじゃなくて……そんな私を気遣って、パパが告白してくれたの？

私が主導権を握ってたようで、実は向こうが主導権握ってたの？

私が主導権を握っていると、ユキが思わせてくれてたの？

相手を甘やかしてるようで『相手を甘やかしている』と思っていられるように甘やかさ

れていたのは、むしろ私の方――

「でも、よかった」

頭がぐちゃぐちゃになりそうな私に、杏奈《あんな》は言う。

よかった？　なにがよかったのかしら？

こっちは尊厳のピンチなのだけれど。

「思ってたよりママっぽい感じで」

「…………」

「ママが本当に、すごい計算とかテクニックとかで告白させてたら、ちょっとがっかりだったかも。パパを好きになったことも含めて……うん、なんか、全体的にママらしいなって思った」

にこりと屈託なく笑う。

なんの他意もなさそうに、本当に嬉《うれ》しそうに。

娘の無垢《むく》な笑顔を前に、胸の奥で温かなものが広がるのを感じた。さっきまでの混乱や不安は、一瞬でどこかに飛んでいったような気がする。

――ママは？　どう思った？

――んー……。

——あの子、杏奈ちゃんらしいなって思ったかな。

ふと思い出す。市川《いちかわ》くんがうちに来て、初めてちゃんと話した日——その夜に、杏奈と市川くんについて話したときのこと。

ママらしい、か。

やっぱり親子って、言葉のチョイスが似るのかしらね？

だとすれば、今杏奈がどういう気持ちで『らしい』と言ってくれたのかは、なんとなくわかった気がした。

「……そう。ありがと」

小さく笑い、グラスのワインをまた一口飲む。

そっか。そうよね。

今更こだわる必要なんてないわよね。

どっちか告白したかなんて、本当にどうでもいい話。

もう二十年近く昔の話なんだから。

今となってはどっちでもいい。

だって今——こうして幸せな家庭を築けているんだから。最愛の娘はこんなにも大きく立派に育って、家に彼氏を連れてくるぐらいの歳になっちゃったんだから。

「――か、勝ったぁあああ！」

突如響いた、勝《か》ち鬨《どき》の声。

ソファの方を振り返ると、市川《いちかわ》くんが立ち上がってガッツポーズしてる。

パパの方は……ソファから崩れ落ちて、ずーん、と落ち込んでいた。

勝敗なんてどうでもよかった五番勝負は、結局市川くんが勝ったみたい。

パパがわざと勝ちを譲った……ということではなさそうね。パパの性格的にゲームで手加減はしなそうだし、なにより今、本気で落ち込んでるし。

市川くんの強い意志が、勝利を呼び寄せたみたい。

「勝ったの!? 京太郎《きようたろう》、勝ったの!?」

勝利を叫ぶ僕に、山田《やまだ》が駆け寄ってきた。

「ああ。なんとか……。見ててくれたか？」

「ごめんっ。全然見てなかった！」

はっきりと、あまりにはっきりと正直に言う山田だった。

嘘《うそ》だろ。見てなかったのか。

僕の雄姿を。

奇跡の逆転を。

先手を取られて赤ゲージまで追い詰められ、絶体絶命のピンチからの投げ抜け。ガーキャン、確反狙いの読みをスカして下段を一発。そして連続パリィの後、一回フェイントに下段を挟み、小足見てからの余裕じゃないギリギリの超必で決着。

この凄《すさ》まじい逆転劇を見てくれてなかったの……？

「やったっ。さすが京太郎っ！」

大喜びである。

うーむ。まあいいか。勝ったし。

「パパ、これで合宿、オッケーだよね？」

「……わかった」

娘に言われた山田パパは、落ち込んだ体勢からのそのそと立ち上がる。

「市川くんの覚悟は十分見せてもらった。合宿に行くのを認めよう」

「やったーっ」

歓喜の叫びをあげる山田。

僕もホッと胸を撫《な》で下ろす。

テーブル近くに座っている山田《やまだ》ママは……うんうん、と頷《うなず》いていた。これも全て私のおかげ、と言わんばかりのドヤ顔である。おかしいな。そもそもあの人がかき乱してきた気がするんだけど。

最初に水着のことを喋《しやべ》ったのも、あの人だったような。

「……はあ」

僕はホッと息を吐き出す。

まあ、いいか。

なにはともあれ、どうにか丸く収まったようでよかった。

「杏奈《あんな》。海では気をつけてね」

山田パパは心配そうに言う。

「わかってる」

「着替えとかも……誰かに覗《のぞ》かれないように」

「わかってるって」

「今は、なにがあるかわからないから。たとえば……杏奈の友達がインカメで市川《いちかわ》くんと通話してるときに、後ろにいた杏奈の着替えが見られちゃう、とか」

「あはは。滅多《めった》にないって、そんなこと」

心配しすぎるぐらい心配してしまう山田パパに、山田は軽く笑う。

合宿の許可が出たことで、完全に気が抜けた様子だった。

だからだろう。

「それにさ」

続けて山田は――とんでもないことを漏らしてしまう。

「インカメで京太郎《きょうたろう》に下着を見られたのは、私じゃなくてママの方だよ」

それは。

絶対に今この場で言ってはならないことだった。

おいっ……！

ちょ、待て。マジで……それは、それだけは――

「……あっ。ちが、ちがくて……」

山田は失言に気づいたようだが、時すでに遅し。

「ええっ!?　わ、私っ!?」

山田ママが羞恥の叫びをあげる。

「下着……？　え？　いつ？　いつのこと……!?」

アルコールで火照っていた顔を、さらに赤くした。

いつかと問われれば――山田母娘《やまだおやこ》が広島に行ったときのことだ。ホテルにいる山田とインカメで話していたら、山田ママがお風呂から戻ってきた。

画面を通話中のままにしていたら……一瞬、見えてしまったのだ。

「えと……ええとですね」

僕は慌てて言い訳しようとするが――直後。

横から、凄《すさ》まじい殺気を感じた。

「…………」

「ひ、ひぃぃ……」

山田パパは水着のことを知ったときのように……いや、それよりもさらにドス黒い空気を身に纏《まと》いながら、捕食しそうな目で僕を見下ろしていた。

「……市川《いちかわ》くん」

「は、はい……」

「見たの？」

「……いえ、その……み、見たと言っても、あまりに一瞬のことで……本当、暗くてほとんど見えなくて……」

「………………………み、見てないと言ってしまえば、嘘《うそ》になってしまうかもしれません」

「見たの？」

「………………」

圧力に負けて正直に答えることしかできなかった。山田パパは沈黙。無言のまま僕に向けて特濃の殺気を放射し続ける。

やがて、ゆっくりと口を開く。

「市川くん。合宿、やっぱりダメ」

「なっ……」

「ていうか、出禁」

「出禁!?」

「うち、出禁」

「………………」

ショック以上に、ドッと疲れが来た。

全身の力が抜ける。目眩《めまい》がして倒れそうになってしまう。

先ほどまでの頑張りが最後の最後で全部台無しになり、話が振り出し……どころかマイナス地点にまで戻ってしまったらしい。

その後――

必死の釈明と謝罪、そして山田《やまだ》パパとのさらなる勝負とかいろいろあったが……最終的にはどうにか、合宿の許可をいただけた。

あと出禁もなんとか許してもらえた。

「……疲れたな」

「……そうだね」

部屋を出て、山田と二人で一緒にマンション内を歩いていく。

エントランスまで見送りに来てくれるようだ。

「あの、ごめんね、京太郎《きょうたろう》。うちの両親が……いろいろ迷惑かけちゃって」

「……大丈夫。気にしてない」

「本当に？」

「本当に」

気遣い――ではない。

本当に本当に気にしてない。

山田のパパとママ。

今日はなにかと大変なことも多かったけど――でも、あの二人がどういう人物か、僕だって少しは理解しているつもりだ。

「山田のパパとママが、僕らのこと気にかけたり、あれこれ言ってきたりするのは……全部、娘が大切だからってこと、ちゃんとわかってるから」

「……京太郎」

「やっぱり山田の親って感じがする。二人ともなんとなく山田と似てるから、僕は――」

言いかけて、言葉を止める。

さすがにこれ以上、言うのは恥ずかしい。

「『僕は』……なに？　続きは？」

ところがここには、察しの悪い女が一人いた。あるいは逆に、察しがいいからこそあえて言わせようとしているのか。

「続きは？」

「…………」

「『似てるから』、どうなの？」

「……似てるから……す、す、好き、だ……。あの二人のことも」

「こと『も』ってことは？」

「……その娘さんのことも」

「へ、へー、そうなんだ……。京太郎《きょうたろう》、パパとママの娘さんのことも好きなんだぁー」

照れながら、すっとぼけたことを言う山田《やまだ》。

自分から言わせておいて照れるな、まったく。

なんだこの変な会話は？

少し間を空けて、「……ふふっ」と山田は楽しげに笑う。

「私も好きだよ、パパとママのこと」

「だろうな。見ててわかる」

「いつか、パパとママみたいになれたらいいなって思うんだ」

晴れやかな笑顔となって、山田は言った。

「……え？」

「あっ……ふ、深い意味はなくてねっ！　いつまでも仲良くしてられたらいいよねって意味で」

「そ、そうか……」

深い意味はないと言われても、どうしたって深読みしてしまう。イメージしてしまう。

僕と山田が、あの二人みたいになって生活している未来を――

むず痒《がゆ》い気持ちになりながら歩いていくが、

「……あれ。スマホがない」

エレベーターに乗る直前、ポケットのスカスカ感に気づいた。

「うちかな？」

「たぶん」

今歩いて来た道を、駆け足で戻る。

さっき出てきたばかりの玄関を開けようとした瞬間――中から声が聞こえた。

『もぉ〜、ユキってばぁ、そんなに落ち込まないのォ』

全力で甘えるような、あるいは全力で甘やかすような猫なで声。

ドア越しに聞こえてきたのは、山田ママの声だった。

『下着のことなんか気にしなくていいからっ。市川《いちかわ》くんに見られたのは……広島行ったときのはずだから、たぶん普通の下着よ。全然普通のやつ。変な下着じゃない。だから安心してっ』

酔いがピークに達しているのか、とんでもなく甘ったるい声音だった。

外まで聞こえてるということは、僕らを玄関で見送った後、二人はそのまま玄関でイチヤイチャし始めたのだろうか。

ああ——そうだ。

この声音、ちょっとだけ聞き覚えがある。

広島で山田《やまだ》のスマホが水没した後、僕は慌てて深夜に山田家まで行って……山田パパのスマホから、山田ママに電話をかけた。

——も〜〜。

——なぁに、ユキ。そんなに寂しいのォ。

ほんの少しだけど、僕は知ってしまったんだ。

山田のパパとママが、娘がいないときはどんな感じなのかを——

『ねえ、元気出してよ、ユキぃ〜。……え？　え〜〜、ほんとにぃ？　ほんとにそれで元気が出るの……？　もう……しょうがないわね。まったくユキは、いくつになっても……。……愛してる。世界で一番、ユキが好き。…………やだっ、恥ずかしぃ〜〜っ！　ちょっともう、なに言わせてるのよっ！　はいっ、今度はユキの番ね！　あっ、ダメダメ、逃がさないから！　はい、ユキも言って！　言わなきゃ許してあげな〜いっ』

「…………」

僕と山田は、そっとドアから離れた。お互いに顔は真っ赤っかで、えげつないほどの気まずい空気が二人の間に流れている。

「……京太郎《きょうたろう》のスマホは、私が連絡して持ってきてもらおうか」

「……そうしよう」

「……パパとママみたいには、まだならなくていいかもね」

「……そうかもしれない」

山田のパパとママ。

見た目はすごく厳しそうで。

正直、怖くて。

でもちゃんと向き合えば優しくて大人で。

なんていうか、山田の親！　って感じがする二人。

僕は二人のことを尊敬しているし、深い感謝をしているが……あの二人の境地に達するには、まだまだ時間がかかりそうだ。

小説 僕の心のヤバイやつ

THE DANGERS IN MY HEART.

エピローグ

THE DANGERS IN MY HEART.

10年後——

告白が成功した後の恋愛漫画が大抵そうなるように、どうやら十年の月日が経過してしまったらしい。

仲のよかった連中はみんな立派な職について、意外な男女がくっついたりした。

そんな風に時間が飛んだ、十年後の話。

社会人となった僕と彼女は——一緒に暮らし始めていた。

「京太郎《きょうたろう》、テーブル拭き終わったよ」

「こっちも、もうすぐできる」

リビングからの呼びかけに、キッチンで仕上げ作業をしながら応じる。

今日は僕の方が早く仕事が終わったため、いつもより少し時間をかけて凝った夕飯を作ることになった。彼女も料理をしないわけじゃないけれど、七対三ぐらいの割合で僕が担当することが多い。

料理は嫌いじゃない。

黙々と一人で作業をすることが、根本的に僕の性に合っている気がする。レシピ通りに作ることも、自分なりの改良や効率化を図ることも、ゲームを攻略してるみたいで結構楽しい。

そしてなにより——食べてくれる相手がいるというのは大きい。

僕が同棲《どうせい》している彼女は、たぶん、世界一料理の作りがいがある彼女だと言っていいのかもしれない。

「……よし。できた」

料理が完成し、テーブルへと運ぶ。

今日のメニューは——オニオングラタンスープ。

「わはあっ」

表情をキラキラと輝かせる。

二十四歳になった山田杏奈《やまだあんな》は、『大人びた美少女』から完全なる『美女』へと変貌を遂げていた。ただでさえ高かった身長は中学時代より少し伸びて……スタイルはさらに破壊力を増している。

でも、時折見せる子供っぽい仕草はあんまり変わっていない。

「いただきますっ」

手を合わせた後、勢いよくスプーンを差し込んだ。

そして勢いよく口に——ってバカ。

「熱っ」

「そりゃそうだろ……。大丈夫か？」

「あはは。待ちきれなくて」

軽く笑いつつ、水で口を冷やす。

その後はフーフーしながら、ゆっくりと口に運ぶ。

「んーっ、美味《おい》しいっ」

気持ちのいい笑顔に、僕の気持ちも温かくなる。

十年……お互いに大人になり、環境も内面もいろいろ大きく変化したけれど、美味しいものを食べたときの彼女の笑顔だけは、中学時代から全く変わらない。

「美味しいよ、京太郎《きょうたろう》っ」

「よかった。でも、まだまだだよ。お義父《とう》さんの味には全然敵《かな》わない」

「そんなことないよ。パパのはもちろんすごく美味しいけど……京太郎は京太郎で、ちょっと違う味になってる気がする。こっちもすごく美味しいっ」

屈託のない笑顔で、そんな嬉《うれ》しいことを言ってくれる。

料理はレシピ通りに作れば美味しくなるわけじゃない、とお義父さんは言っていた。何度も失敗して、自分なりに工夫して、そうやって自分達のだけのレシピになる。

この十年で、彼女のために、僕は何度このレシピを作っただろうか。

最初のうちは作業工程の一つ一つを確認しながら作って、段々と見ないでも作れるようになって、やがて、その日の気分や相手の感想なんかで自分なりのアレンジを加えるようになっていった。

彼女との『これまで』と『これから』を、ちゃんと積み上げてこれたのだろうか。

「……あっ。もうなくなっちゃった」

「一応、おかわりあるぞ」

「食べるっ」

「大丈夫なのか？　来週からまた撮影だろ」

「好きなものを好きな時に食べる！　それがストレスを溜《た》めないライフスタイルなんだよ！」

「中学時代みたいなこと言うなよ」

苦笑しながらツッコむ僕だった。

食事の後は、二人で並んでソファに座り、団欒《だんらん》の時間となった。

なんとなくつけたバラエティ番組を、なんとなく眺めてみる。

すると――コテン、と。

僕の肩に、彼女が頭を預けてきた。僕は特に逆らうこともせず、優しく髪に触れた。頭を軽く撫《な》でるようにすると、彼女はくすぐったそうに笑う。

もしも中学時代だったら、こんな密着イベントをしたら即座に下半身が大暴れだっただろうけど……もうそこまでの若々しさはない。

変な興奮も気恥ずかしさもなく、自然とスキンシップが取れる。

「あっ。そうそう」

彼女がスマホを取り出して言う。

「今日、写真整理してたんだけどさ。懐かしい写真見つかったよ」

そう言って見せてくれたのは――中学時代、小林《こばやし》の家で撮った写真だった。

「うわ、懐かしい」

中三の夏休み――勉強合宿の打ち合わせのために小林の家に集まったことがあった。小林の弟達と遊んでばかりで、ほとんど打ち合わせにはならなかったけど。

たくみくんと芽衣《めい》くんの二人が遊び疲れて眠ってしまったとき、僕ら二人で挟むようにして、四人で並んで写真を撮った。

――そうだ！

――この写真、ずっととっておこうよ。

――なんで？

――……なんででも！

――10年後も20年後も。

そんな言葉と共に、僕らは一枚の写真を残した。

「……本当に十年経《た》っちゃったね」

「そうだな」

歳月の流れを噛《か》みしめるような言葉に、深く同意する。

「でも山田《やまだ》。この写真……結局、なんでとっとこうって言ったんだ？」

「えー……あー。まあ、そんな深い意味はなかったんだけどさ」

困ったような顔となる。

それから、自分のお腹《なか》をさするようにしながら、

「……さすがに十年じゃ無理だったか」

と、ボソリと付け足した。

「うん？」

「なんでもない。そんなことよりっ」

強引に話を切り替えてきた。

「今、山田って言ったでしょ」

「…………」

「久しぶりだね。山田って呼ばれるの」

「ああ、確かに」

そういえばそうだ。

昔のときを思い出していたら、ついうっかり昔の呼び方をしてしまった。

中学時代、向こうは交際前から『京太郎《きょうたろう》』と名前で呼んでくれていたけど、僕の方はなかなか名前で呼ぶことはできなかった。付き合ってからもしばらくは名字で呼び続けていた気がする。

でも。

付き合ってから十年。

さすがにもう、名字で呼ぶようなことはなくなっていた。

「ふふっ。なんか今呼ばれると不思議な感じ」

「からかうなよ」

「からかってないよ。なんなら今日はたくさん、山田って呼んでほしいぐらい」

だって。

と彼女は続ける。

「明日には私、山田《やまだ》じゃなくなるからね」

市川杏奈《いちかわあんな》になっちゃうから。

と。

そう言う彼女は幸福そうに、本当に幸福そうに笑っていた。

今日の日付は——中三の修学旅行最終日、の一日前。

つまり僕らの付き合った日の、一日前となる。

明日は僕らの十周年の交際記念日で——お互いの仕事終わりに、一緒に婚姻届を出しに行く予定となっている。

結婚はその日にしようと、二人でずっと話していた。婚姻届は記入済みで、結婚式の日取りもすでに決まっている。

中三で恋人同士となってから、早十年。

僕らは明日、恋人同士ではなくなる。

「この一年、大変だったよね、結婚式の準備とかで……」

「……そうだな」

遠い目をする彼女に深く同意した。

噂《うわさ》では聞いていたが、まさかここまで大変なものとは。当初はできる限り簡素に簡素にやろうと思っていたが……どんどん呼びたい人が増えていって、気がついたら結構大規模なものとなってしまった。

「結婚の挨拶も……京太郎《きょうたろう》の家はすんなりと終わったのに、私の家の方が……一悶着《ひともんちゃく》あったし」

「……まさか、またお義父《とう》さんとゲーム対決をさせられる流れになるとは思わなかったよ」

「またママが悪ノリしちゃったんだよね……」

「いいんだけどさ……。最後はなんとか勝ったし」

「大逆転だったよね。やっぱり京太郎のバニーへの思いはすごいっ」

「……やめろ。バニーの功績にするな」

「はあ……ほんと、いろいろあったけど、なんとか乗り越えてこれたね」

山田は深く息を吐き、しみじみと言う。

「なんだか信じられないな、私が山田じゃなくなるなんて」

「ずっと芸名はあっただろう。秋野《あきの》杏奈っていう」

「そういうことじゃないのっ」

頬《ほお》を膨らませる。

「京太郎《きょうたろう》は事の重大さがわかってない。私は今までずっと、山田《やまだ》で生きてきたんだよ？それが市川《いちかわ》になって……そして、これから先、ずーっとずーっと市川で生きてくの。やっぱりこう、いろいろあるんだよ、うん」

「……ずーっとかどうかはわからないだろ。万が一離婚とかになったら、山田に戻る可能性も――」

言ってから、しまった、と思った。

おいおい、なにを言ってるんだ僕は？

結婚前夜に離婚の可能性を匂わすバカがどこにいる？

ああ、まったく僕という男は、いくつになっても……。

久々にがっつりと凹《へこ》む僕だったが、

「その可能性はないかなー」

向こうは平然としていた。

のそのそと動き出したかと思えば、ソファに座ったままの僕を跨《また》ぐようにした。太ももに相手の重さをダイレクトに感じる体勢だ。

首に手を回してきて、僕を正面から見下ろすようにしてくる。

「京太郎は絶対、私を手放《てばな》さないから」

からかうような調子で語られた信頼に、つい圧倒されてしまう。

僕を見下ろすその瞳は、挑発的で蠱惑的《こわくてき》で、どこまでも純粋なのに少しだけ不純で、天《てん》
真爛漫《しんらんまん》に見えてほんの少し不安そうで——

中学の頃となにも変わらない、ありのままの山田杏奈《あんな》だった。

「……そうだな」

やられっぱなしも悔しかったから、僕は彼女を真正面から抱き締めた。

胴体に手を回して、思い切り体を密着させるように。

「わっ、ちょっ……」

「これから一生、絶対に放《はな》さないよ」

「……うん」

一瞬驚いた反応を見せたけど、すぐに僕の抱擁に応えてくれる。

言葉では表せない幸福が、僕らを包み込むようだった。

彼女の顔がゆっくり近づいてきて、僕らは唇を——

「——郎、京太郎《きようたろう》ってば」

「……んんっ？」

そこで目が覚めた。

向かいに座った山田《やまだ》が、心配そうにこちらを見ていた。

二十四歳の大人になった山田——ではなく、中三の山田である。

「寝てた？」

「……あ、ああ。寝てた……かな」

まだまだ寝ぼけている頭を必死に働かせる。

顔を上げて確認すると——そこは図書室だった。

僕がいたのはいつもの窓際の席で、向かいには山田が座っている。

ああ、そうだ。

放課後、一緒に勉強してたんだったな。

夏休みが終わって二学期となり、僕達も通常の学校生活に戻っている。

「珍しいね、京太郎が居眠りなんて」

「……昨日、寝るの遅かったかも」

「ふぅーん」

　ジッとこちらを見てくる山田。

「なんか……すごく幸せそうな寝顔してたよ」

「……え？」

「いい夢でも見てたの？」

「〰〰っ」

　強烈な羞恥心が湧き上がる。

　なんて……なんって恥ずかしい夢を見てたんだ僕は！

　山田と同棲《どうせい》って、しかも結婚前夜って……妄想がすぎるだろ！

　キモい、キモすぎる。キモキモのキモだ！

「お、教えない……」

「えー、なんで。教えてよ」

「絶対に無理」

「なんでそんな……あっ」

　カァ、と顔を赤らめる。

「も、もしかして……エッチな夢だった……？　だからあんな嬉《うれ》しそうな――」

「違うっ！」

断固否定した。

厳密には……ほんのちょっとエッチな夢だったけど。

「だから、違くて、その……山田《やまだ》が出てくる夢だった」

できれば言いたくなかったが、誤解を解くために仕方なく口にした。

山田は目を丸くする。

「私との、夢？」

「……うん」

「私との、エッチな……」

「エッチではない！」

なぜ誤解が深まる⁉

厳密には……間違いじゃないんだけど。

山田との、ほんのちょっとエッチな夢だったんだけど！

「……普通だよ。全然変なことなんかない、普通の夢だった……。いつも通り山田と話してる感じの」

十年後ではあったけれど、劇的な変化があったわけではない。

当たり前か。

所詮、僕が見た夢なんだから。

十年後の山田がどうなってるかなんて、全くわからない。

僕が知っているのは、今この瞬間、目の前にいる山田だけ——

「そっか、普通か」

「うん、普通だ」

「でもさ——普通が一番いいよね」

山田は言った。

普通。そう、普通だ。

いつの間にやら僕にとって、山田と一緒にいることは普通になりつつある。

普通であり日常。

でもそれは決して、退屈を意味しない。

山田がいる僕の日常には、目が回るぐらいのドキドキで溢《あふ》れている。

「あっ。もうこんな時間だ。そろそろ帰ろっか」

「だな」

二人で帰り支度を始める。

今日も僕らは、当たり前のように一緒に帰る。まだ交際をオープンにしてはいないから、昇降口は別々に出て、途中で合流するような形になるだろう。

それが今の、僕らにとっての日常。

普通で、当たり前で——でも、徐々に変化していく。

僕らはそんな風に、毎日を積み重ねていく。

告白に成功した恋愛漫画みたいに、十年の時間が経《た》って結婚式——みたいなダイジェスト展開にはならなかった。

これからも続いていく日常を、僕らは一歩ずつ踏みしめていく。

一人じゃなくて、二人で一緒に。

料理を何度も作って自分だけの大切な味にしていくように。

僕らの『これまで』を噛《か》みしめながら、僕らの『これから』を作っていく。

あとがき

　というわけで望公太《のぞみこうた》です。

『僕ヤバ』ノベライズ……担当できて大変光栄です。感無量です。ファン冥利に尽きます。

以前、原作漫画七巻の特装版で桜井《さくらい》先生のプロットを元に小説を書かせていただきましたが……今回はなんと小説丸々一冊です。内容に関してもだいぶ任せてもらえた感じで、とても楽しく書かせていただきました。原作のファンだから書きたいこと、逆に原作ファンだからこそ外伝のノベライズでは書きたくないこと……そういったバランスにこだわりながら、桜井先生や秋田書店《あきたしょてん》様と相談を重ね、この一冊を書き切りました。『僕ヤバ』ファンの皆様に楽しんでいただけたら幸いです。

　以下、ネタバレ多数の各話解説。

　まず全体の話——ノベライズを担当する上で、自分がこだわりたかった部分が大きく二つあります。

　一つ、『僕ヤバ』は常に今が一番面白い！　だから今回は、がっつり別軸の過去編やサブエピソードをやるのではなく、できる限り漫画連載のリアルタイムに沿った形を目指しました。連載に近い温度感のキャラ達を楽しんでもらいたいし、なにより僕が『僕ヤバ』

の今を書きたい……！　そんなコンセプトのもと、各短編の時系列は中三の夏休みに集中した形となっております。
二つ、『僕ヤバ』はやっぱり市川《いちかわ》と山田《やまだ》の二人！　魅力的なサブキャラも多数登場する作品ですが……それも二人がいてこそ！　他キャラに焦点を当てた短編でも、市川と山田をできる限り登場させるようにしました。やっぱり二人が見たいし、二人によって変化していく周りのキャラが見たい。それが『僕ヤバ』！
萌子《もえこ》の話――ノベライズをやると決まったとき真っ先に掘り下げたいと思ったのが、萌子でした。作中でビッチだのギャルだの言われつつも、実はすごく周囲を見てる。テンションは高いようでどこか冷めてて大人びてて、でも実は子供じみた一面や人情深いところがあって……単純そうで全然単純ではない、すごく魅力的なキャラクターです。原作未登場の兄のキャラなどは桜井先生と相談しつつ、萌子の様々な事情や葛藤を描《えが》くことができて楽しかったです。
カードゲームの話――四巻のおまけ漫画にあったカードゲームを、思い切り深掘りしました。楽しかった。カードゲームやってる市川を書くのがとても楽しかった！　桜井先生に『謎のでかい女が山田だと市川が気づく話やってもいいですか？』と尋ねたら快くオーケーをもらえたので、思う存分カード周りの話をやらせていただいた感じです。『カオスレジェンズ』……今後、原作漫画で登場することはあるのだろうか……？
全身チン○の話——神崎《かんざき》くんと原《はら》さん、原作では断片的に描かれてる二人の関係にフォーカスを当ててみたかった。正直な話……自分は結構、豊満な女性に惹《ひ》かれる神崎くんにとても共感できるタイプなので、ここぞとばかりに感情移入して書きました。いいよね、腹肉……。段々になってるぐらいがいいよね……。とは言え本当に下ネタだけで終わってしまってはよくないので、神崎くんの魅力も描《えが》いたつもりです。いろいろと特盛りで濃厚な、人類にはちょっとまだ早いラブコメが書けたかと思います。
山田《やまだ》夫妻の話——なんだろう、僕は個人的にあの夫婦が大好きです。推しカプです。好きすぎて逆に自分じゃ書きたくないまであったのですが、そんな僕だからこそ書けるものもあるだろうと思い、最大限のリスペクトを払って書きました。二人の馴《な》れそめという、すごく大切でディープな部分に触れることを許可していただき、桜井《さくらい》先生には本当に感謝しています。山田ママ、山田パパ……いいよなあ。二人を見てると山田がもっと好きになれる両親って、すごくない？
エピローグの話——未来の二人を描きたい気持ちもありながら、そんなもんノベライズで描いていいわけないだろと思い、夢オチという形に。最初に言った『ファンだからこそ書きたくない』部分の一つが、このエピローグにおける、山田に対する市川《いちかわ》の呼称です。

未来の市川が山田をなんて呼んでるかなんて……そんなもん、絶対に僕が触れていいわけがない！　初出がノベライズであっていいわけがない……！　そんな強い決意のもと、全力で濁しました。これからの原作漫画での展開を楽しみにしています。

まだまだ語り足りないですが、ここらで切り上げて謝辞。

桜井先生。ノベライズを任せていただき、本当にありがとうございます。大好きな漫画にこういう形で関わることができて幸福の極みです。ＭＦ文庫Ｊ編集部様、秋田書店《あきたしょてん》様。大変お世話になりました。そして、この本を手に取ってくださった『僕ヤバ』ファンの皆様に最大級の感謝を。

もしまたなにかご縁がありましたら、そのときはよろしくお願いします。

望《のぞみ》　公太《こうた》

Post script

お読みいただきありがとうございます!
拙作初の小説化ということで、大変貴重な
体験をさせていただき感謝です。
今回市川だけではなく色々なキャラの
心の内を見ることができたのが新鮮で
楽しかったですね。
漫画の展開も活かしつつ
ていねいにエピソードを紡いで
くださっていてよかったです。
みなさんも今度は
このキャラの話がみたい!等
ありましたらお知らせ下さい。

望公太先生
sune先生
編集者の皆様
本当にありがとう
ございました!

2024.8
桜井のりお

僕の心のヤバイやつ
一ファンとしてこうして描かせていただけて嬉しい限りです!!
sune
ぴーす！
あへ……

ファンレター、作品のご感想を
お待ちしています

あて先

〒102-0071　東京都千代田区富士見2-13-12
株式会社KADOKAWA　MF文庫J編集部気付
「望公太先生」係　「桜井のりお先生」係　「sune先生」係

読者アンケートにご協力ください!

アンケートにご回答いただいた方から毎月抽選で
10名様に「オリジナルQUOカード1000円分」をプレゼント!!
さらにご回答者全員に、QUOカードに使用している画像の無料壁紙をプレゼントいたします!

■ 二次元コードまたはURLよりアクセスし、本書専用のパスワードを入力してご回答ください。

http://kdq.jp/mfj/　パスワード　**k2zew**

●当選者の発表は商品の発送をもって代えさせていただきます。
●アンケートプレゼントにご応募いただける期間は、対象商品の初版発行日より12ヶ月間です。
●アンケートプレゼントは、都合により予告なく中止または内容が変更されることがあります。
●サイトにアクセスする際や、登録・メール送信時にかかる通信費はお客様のご負担になります。
●一部対応していない機種があります。
●中学生以下の方は、保護者の方の了承を得てから回答してください。

MF文庫J

小説　僕の心のヤバイやつ

	2024年9月25日　初版発行
著者	望公太
原作・イラスト	桜井のりお
発行者	山下直久
発行	株式会社 KADOKAWA 〒102-8177 東京都千代田区富士見2-13-3 0570-002-301（ナビダイヤル）
印刷	株式会社広済堂ネクスト
製本	株式会社広済堂ネクスト

Printed in Japan　ISBN 978-4-04-684008-0 C0193

◇◇◇